神峰山

かみのみねやま

穂高健一

未知谷

神峰山　目次

神峰山（かみのみねやま）

プロローグ

祖父の遺品整理のさなか、彼女は押入れの片隅から一冊の大学ノートを見つけた。セピア色に染まったノートを開くと、書体の一部からしても、半世紀ほどまえの古めかしさを感じる。

太平洋戦争の敗戦のあと昭和二〇年代、世のなかが食糧難のとき、ひときわキラキラ輝いていた港町があった、と祖父は特徴を記す。祖父はいっとき瀬戸内海に浮かぶ大崎上島の木江《きのえ》中学校の教員だったらしい。

ノートを読む彼女は、祖父の島嶼《しま》の生活や、教員のしごとメモにはさして関心がなかった。一方で、題名「ちょろ押しの源さん」には、つよくこころが引き込まれるものがあった。どんな職業のひとなのか、見当がつかなかった。

これは日記かな？　祖父は小説家に憧《あこが》れていた節があったから、取材メモかな。それとも、もはや作品の一部を書きだしていたのかな。どちらにでも、うけとれる内容だった。

真夏のある日、彼女は祖父の古い大学ノートをもって広島県の離島である大崎上島にむかった。呉線の竹原港から、高速連絡船に乗船した。青い海上には、いくつも織《お》りなす小島が浮かぶ。ひときわ富士山に似た名峰の島があった。

彼女の視線の方角を知ったのだろう、乗船客の年配女性が声をかけてきた。

「あれが大崎上島の神峰山《かみのみねやま》よ。山頂付近に、お地蔵さんが数百体も祀《まつ》られているんよ。一体ずつ悲しい悲哀《ひあい》の人生があるの。十代、二十代までしか生き永《なが》らえなかった哀れな娘さんたち」

その数の多さにおどろかされながらも、一体ずつの悲哀が知りたくなった。

「この島には伝承《でんしょう》する者や、『語り部』の職業もおらんしね。どのお地蔵さまが、どんな生き様だったのか、よう解らん。おおかた、若いのに栄養失調、病死、自殺、拷問死《ごうもんし》、心中、狂い死、悲惨《ひさん》な死のいずれかだったかとおもう。肉親の縁はうすく、死しても故郷に帰れず、神峰山のお地蔵さんで眠っているのよ」

一体ずつ物語は消えていく口ぶりである。亡き祖父がそれを書き残そうと考えたのか。その手始めが「ちょろおしの源さん」だったともおもえる。

「うちら島人は真夏でも、真冬でも、バケツで神峰山に水をくみ上げて、お地蔵さまを一体ずつ『洗って、磨いて、祈って』あげるの。そして、赤い前掛《まえか》けを取り換《か》えてあげるのよ」

そう聞くほどに、祖父の日記がより貴重なものにおもえた。

「次の桟橋《さんばし》で降りんさい。神峰山に登る道は三本よ。木江港からもあるけん」

高速艇が、木江港の天満《てんま》桟橋に接岸した。祖父とちょろ押しの源さんは、ともに将棋《しょうぎ》が好きだったらしい。この天満の海岸でよく将棋をさしている。

第1章　ちょろ押しの源さん

海べりの枝ぶりのよい桜が満開だった。土曜の午後から、私は桜の樹の下で、縁台《えんだい》将棋に興《きょう》じていた。あいては、ちょろ押しの源さんだ。私が木江《きのえ》中学校に赴任《ふにん》してから、ここ一年半で、もっとも気が合う人物である。生年月日がぴたりおなじ。ともに将棋が好きである。

角ばった顔の源さんは、三十七歳で単身だ。いつも頭に捩《ねじ》じりタオルを巻いている。なぜ独り者なのか、かれは語らず、こちらも聞かずで今日まできた。

そもそも将棋が縁で知り合った源さんだが、中学教師とちょろ押し、この組み合わせが町で面白がられている。

木江港は、奥深く弓なりの湾で、造船所、繁華街、女郎屋《じょろや》が海岸にひしめく。一貫目《いっかんめ》そして天《てん》満《ま》と、夜の遊郭《ゆうかく》の街が二か所で形成されていた。

ちょろ押しの源さんが「本船《ほんせん》」という停泊ちゅうの貨物船、油槽《ゆそう》船、鉱石船、砂利運搬船などが、港内の係留《けいりゅう》からあふれて、沖合遠くまで停泊している。日々、にぎわう港町である。

その本船に乗りこんで身を売る女性には申し訳ないけれど、暮れゆく夕凪《ゆうなぎ》の風景は情感にみちている。神峰山《かみのみねやま》の肩に夕陽が落ちると、あかね色の空と夕焼雲と山稜《さんりょう》のシルエットが、研磨《けんま》された鏡のような海面にくっきり映る。幻想的な港内に、おちょろ舟という屋形船《やかたぶね》が、ぎー、ぎーとしずかな艪《ろ》の音を立てて滑《すべ》っていく。おちょろ舟自体が、情感に寄与している。

そこには「姐《ねえ》さん」とよばれる女郎が六、七人ほど乗っている。洋装、和装の彼女たちはおおむね二十歳前後である。

港の女郎屋ごとに、最低でも一隻のおちょろ舟をもっているようだ。

それらおちょろ舟は好き勝手に、波止場《はとば》から漕《こ》ぎだせないルールがある。陽がだいぶ斜めになると、突如として港の鼻《はな》の検番《けんばん》から、太鼓《たいこ》が鳴りひびく。一貫目、天満という遊郭の岸の双方から、三〇隻くらい、もっと、それ以上かもしれない、おちょろ舟が、いっせいにスタートを切る。

ちょろ押しが懸命《けんめい》に艪《ろ》を漕《こ》ぐ。まさに壮大《そうだい》な海の競演である。

本船に次つぎと接舷《せつげん》していく。横づけした順番に優先権があり、おちょろ舟の姐さんたちが、本船のタラップから甲板へとあがっていく。

「ワシが懸命に漕いで、おちょろ舟を本船に一番に付けさせると、姐さんたちの客の寄り付きがよい。女郎屋の水揚げ高も上がる」

「源さんには、一番になるコツはあるの?」

「コツは大いにある。検番の太鼓が鳴るまえに、まず作戦をじっくり練《ね》るんだ。入航船の、どの本船の船員が羽振《はぶ》りがよいか、お金をもっていそうか、と見定める。そして、獲物の本船と、一貫目の波止場との距離を目測《もくそく》する。ライバルの天満のちょろ押しの腕っぷしと比べたうえで、漕ぐコースをきめるんだ」

「どの船がお金をもっているか、陸上から判別できるの?」

疑問をむけた私が将棋盤で、「角」を打つと、首筋が太くいかり肩の源さんは強力な「桂馬」を守備につけて好手をみせた。

「もちろんだ。ちょろ押しは、日本の経済を知らないとダメだよ。石油、石炭、木材、バラス(砂利)は相場でうごく。相場が高い荷積《にづみ》の船は、景気が良い。こうした船を狙《ねら》う。もう一つ、船長が如才《じょさい》なく、どこぞ港で、積荷をかすめてブローカーに横流しして、お金をつくってから木江港に入港してくる。この手の船舶《せんぱく》は、ワシらにはドル箱じゃ。新参者のちょろ押しには、こうした船長の盗癖《とうへき》はわからん」

先般も、二〇〇〇トンクラスの貨物船が沖合に停泊した。それを狙ったおちょろ舟は六隻もいた。源さんは一番を取ったという。

船舷《せんげん》に鉄製のタラップが降ろされると、源さんはその手摺《てすり》をつかみ、おちょろ舟から七人の姐さんたちに、一人ずつ足もとをおしえる。

前の月の水揚《みずあ》げの高い順位で上がる。まずは立木屋でいちばん綺麗どころの十八歳、垢《あか》ぬけた御殿女中《ごてんじょちゅう》のようにふるまう二十二歳、性格は生意気でも麗《うるわ》しい愛嬌《あいきょう》で惹《ひ》く小柄な十九歳、熟《う》れた肉体《からだ》の雰囲気がある二十四歳、次つぎタラップを登っていく。

船員たちは、最初に上ってきた女の色香《いろか》に魅《み》せられ、おれだ、おれだ、と引く手をだす。

そのあと、でぷっとした肥満のダルマ姐さん、病的にやせ細った十七歳、老けた顔の皺《しわ》の多い女が、予想どおり下船してくる。

売れなかった彼女たちが屋形のなかに坐《すわ》ると、源さんは竿《さお》をつかい、次なる順番待ちする天満のおちょろ舟と、船体を入れ替える。すぐさま天満の姐さんたちがタラップを上っていく。

「こんな仕組みだよ。本船一隻で、全部の姐さんにお客がつくなんて、めったとない」

源さんはやがておちょろ舟の屋形にランプを点《つ》け、宵闇《よいやみ》の海を滑らせ、貨物船から貨物船へと、

「別嬪《べっぴん》はいらんかね」と呼びかけていく。

「ホンマに、別嬪か。女の顔をみせてみい」

冷やかしの声がかかってくる。

「ウソや偽りはなし。女の顔やからだもたいせつ。それよりも今宵《こよい》の一夜妻《いちやづま》の情《じょう》と情《なさ》けがいちばん。好い娘がいるよ」

「ほんとうか。甲板にあげてみろよ」

こうなれば、しめたものだ。タラップが船舷に降りてくる。化粧で年齢を隠す姐さんたち三人が、一段ずつ慎重にあがっていく。甲板《かんぱん》ではどんな交渉をするのか。源さん自身も交渉場面は知らないらしい。

そこは姐さん方の色気と売込みの口上《こうじょう》しだいになる。

この間、源さんはおちょろ舟の船尾で、のんびりした表情で、たばこを吸っている。それが海岸からでも、見てとれた。

「おい、ちょろ押し、女ひとり幻滅《げんめつ》だ。降ろすぞ」

最初は冷やかしだったけれど、二人の姐さんに客がついた。これで良かれだ。

源さんはタラップの手摺をしっかりつかむ。水風船のようなダルマ姐さんが危うげな足もとで降りてくる。鈍重《どんじゅう》な女で、ふだんからぽかーんとしている。顔の器量《きりょう》もさほどではない。化粧も下手だ。この職種にはまったく向いていない。

ダルマ姐さんを抱きかかえるようにして、おちょろ舟に乗り移らせる。

「なによ、この船。ひとを馬鹿にして」

甲板のうえで、数人の船員が人差し指で、姐さんの太鼓腹をさして愉快《ゆかい》がったという。さらには吟味《ぎんみ》だと言い、半裸《はだか》にしたうえで、乳房《ちち》を悪戯《いたずら》され、やっぱり買うのは止めた、となってしまったようだ。

「源さん、文句言ってよ。ひどいでしょう。船員がみんなして、うちを裸にしたのよ。見世物《みせもの》じゃないわよ」

「このていどじゃ、苦情は言えんな」

「なによ、このていどとは。こころが傷ついているのよ」

殺傷事件に及ばないかぎり、船員の不埒《ふらち》な行動はおおめにみる。船員を警察ざたにしない。それは木江港の女郎屋の決めごとだった。

源さんは、ダルマ姐さんの苦言をききながし、港内の本船のまわりで艪を漕ぎつづける。さすがに鈍なダルマ姐さんでも、五つ目、六つ目と断わられると、萎《しお》れた風船顔になってくる。

このまま「茶《ちゃ》を引いて」空《むな》しく女郎屋に帰させると、楼主《ろうしゅ》や女将《おかみ》から強烈な嫌味《いやみ》が飛んでくる。ときには、ちょろ押しの腕の悪さだとまで言われてしまう。姐さんに客がつかなければ、もう仕方ない。

将棋盤の「銀」がぴしゃりと鳴った。

「これはまずいな。ちょっと待った」

「先生、待ったなしだよ」

雨の日でも、沖女郎《おきじょろう》は蛇《じゃ》の目傘《めがさ》をさし、下駄《げた》をはいて、波止場からおちょろ舟に乗りこんでくる。沖合の波浪《なみ》が高くても、姐さんたちが船酔いしても、客を取らせねばならない。気の毒だが、陸上《おか》にはあげてやれない。ちょろ押しは艪を漕ぎ、本船の船員に、別嬪はいらんかね、と声をかけていく。からだが売れるまで、酷《こく》だが辛抱《しんぼう》してもらうしか手はない。

戦後の荒れた世相のなかでも、身売り商売は法と秩序に反するという声が、源さんの耳にも当然のごとく聞こえてくる。

売春する女性をどうやって助けだすのか、という法律上の救済《きゅうさい》はお上が考えることである。ちょろ押しにあるのは、きょうこの場で、この姉さんたちに、羽振りのよい客をつけてやる、という熱意のみである。

「木江港で姐さんが生きていく、食べていく、それには客を取らせねばならない。買い手がつきにくい女もいるが、誠心誠意、客をつけてやる。それがプロフェッショナルだ。王手」

源さんの目が勝ち誇《ほこ》った光でかがやいた。

「ここで、待ったをかけても、もう妙手《みょうしゅ》はないか。じゃあ、二局目の対決でいこう。源さん、どんな仕事にも、要領の悪い人間がいるものだが、ちょろ押しもそうかな?」

私は駒をならべはじめた。

「先生、巧《うま》いこと訊くね。いるいる要領の悪い奴《やつ》が。貧乏な本船ばかり、まわっている奴がおる。とくに相撲取りの元十両のちょろ押しなど、まあ、姐さんたちに茶を引かせっぱなしだ。大引け（最後の立会い）の夜半に、怒った姐さんが、元十両におもいきり張り手をしたらしい。土俵の決まり手でな」

「想像すると、愉快だね」

「そういう話はいくつもあるよ。気性《きしょう》の荒い和服をきた年増女《としまおんな》が、ちょろ押しがわき見をした瞬間、お尻を蹴《け》りあげて真夜中の海に落とした。後談があって、流れ者の奴は泳げもしないのに、ちょろ押しになっていたんだ。年増女は気の毒に、殺人未遂で、警察に取調べられた。町じゅうで、大笑いになったものだ」

源さんは旧陸軍の下士官で、中国大陸から復員し、舞鶴に帰還《きかん》してきたという。ふるさとにもどると、女房はほかの男と同棲《どうせい》していた。源さんは静かに立ち去り、ながれて大崎下島の御手洗《みたらい》港にやってきた。そこで三年ばかり、ちょろ押しをしていたとはなす。

御手洗は、三つの島にかこまれた「汐《しお》待ち風待ち」の良港で、過去《むかし》から遊郭が流行《はや》っていた。とくに北前船《きたまえぶね》の「西廻《にしまわ》り航路」が開拓されて、木綿帆《もめんほ》の船が主流となった江戸時代の半ばから栄えた港である。

明治時代に入り、スクリュー船が全盛期になると、御手洗よりも、大崎上島の木江《きのえ》港が人気を博《はく》してきた。

広島県内には江田島の海軍士官学校、大崎上島の商船学校が創設された。その商船学校は、海運日本をささえる外国航路の航海士・機関士を養成する、全国に名が知れわたった名門となった。木江港には数多くの造船所ができた。内航海運の新造船が次つぎに建造されるし、修理船も入航してくる。港が栄えれば、女郎が増える。そして、お金が町に落ちる。木江港はまさに栄耀栄華《えいようえいが》のゴールドラッシュで、西日本ではとくに有名な港町になった。

各地から、ひと旗揚《はたあ》げに、大勢があつまってくる。町が栄えれば、海運関係のお役所、銀行、電信電話局、警察、銭湯、美容院、商店、酒場、寿司屋などが競ってできてくる。それを背景に、庭園をもった富豪《ふごう》までも生まれた。

三階建て、五階建ての、ヒノキ造りのぜいたくな凝《こ》った木造建築物が次々とできる。波止場すら御影石《みかげいし》がつかわれるなど、木江港には豪勢《ごうせい》なものを競《きそ》う風土ができた。

「こんなところで、飛車を打つかね」

「こんかいも待ったなしだからね、先生。よく考えてね」

源さんの目には、容赦しない冷酷《れいこく》な光があった。頭のタオルを巻きなおす。頭上から桜の花弁が、潮風にのって将棋盤に散っていた。

戦時ちゅう、木江港の繁華街のはなやかさは消えかけた。だが、戦後は息を吹き返し、瀬戸内でも最大級の女郎屋の多い港町に返り咲いた。ふたたびゴールドラッシュなみに、キラキラ輝く街となった。

「御手洗よりも、木江港のほうが稼《かせ》げるとおもって、ワシはこっちに移ってきた。立木屋という女郎屋で、ちょろ押しとして雇われて、いまがある」

それは昭和二〇年代やや後半だった。

江戸時代は遊女《ゆうじょ》とよばれたが、いまは女郎に表現が変わった。公娼《こうしょう》とか私娼《ししょう》とか、あるいは赤線とか青線とか、呼び名もさまざまである。米軍がいる基地周辺では、パンパンとも呼ぶらしい。木江港は姐《ねえ》さんである。

木江港の特徴は、芸事《げいごと》につうじた芸者が多いことである。三味線、琴、踊り、太鼓と鉦《かね》、詩吟《しぎん》、都都逸《どどいつ》、清元《きよもと》、お茶など、芸と品性をうる芸者たちがいる。それは沖女郎でもなく、座敷女郎《ざしきじょろう》でもない。

「ほんものの芸者が、この木江港には幾人もいる。それが木江港のプライドかな」

源さんが持ち駒の飛車で、大技《おおわざ》をかけてきた。

「すると、芸者は、おちょろ舟に乗らないわけだ」

「もちろん。芸者は特定の男に囲われた妾宅《しょうたく》ものが多い。置屋《おきや》から声がかかれば、料理屋などの座敷に出ていく。舟に乗らないから、ワシら、ちょろ押しとは無関係よ」

「なるほど、こんな『銀』を打つ手があったのか。待ったありは、どうかね」

「だめ、だめ」

「参りました」

「先生、こんどの一局は飛車と角を抜こうか」

うちの中学生が時おり、わざとらしく、縁台将棋をのぞき見て通りすぎる。「へぼ将棋、飛車・角抜きで、待ったありきと、泣き言をいう」と中学校のなかで私のうわさが流れているらしい。周囲のひとの気配がないことを確認してから、

「飛車だけ抜いて」

と小声で、そう願った。

「じゃあ、飛車抜きね。……、女には魅力と魔力がある。船長や機関長が、木江港に惚《ほ》れた女ができると、エンジンや船体を故障させて、修理のために、この港に入ってくる」

「よく聞く話だね」

将棋盤の駒をならべ終えた。

「風評《ふうひょう》じゃなくて、実話はやたら多い。大阪や福岡にいる船主《ふなぬし》は、木江港の沖にいくと、どうして機械がいつも故障するんだ、と電話で怒ってもだめ。わざと故障させてしまえば、しょせん修理しないと、船は走れん」

湾内には大小の造船所、旋盤《せんばん》をつかう機械修理工場、製材所をかねた木工所などが多い。

「……、船員が姐さんの顔に惚《ほ》れたら、飽《あ》きがくる。こころに惚れてもダメ」

飛車抜きの源さんが、強い攻めでやってくる。

「なぜ？　こころもダメだめなの、男女の仲なのに」

「先生、考えてみな。姐さんは媚《こび》をうる商売だ、こころから燃える恋など嘘っぱちで演じる。男が真《ま》にうけたら、後ろむきで、舌をだす」

「なるほど、愛情も演技か」

「男と女は相性《あいしょう》できまる。つくづくそうおもうよ。ダルマ姐さんが身請《みう》けされて囲いもの、つまり妾《めかけ》にきまった」

「相手は？」

「なんと、中古船の仲買人《なかがいにん》の社長だ。町の旅館から真夜中に、姐さんを一人寄こしてくれと言われたとき、立木屋には茶を引いたダルマ姐さんしかいなかった。この仲買人社長が、巨漢・巨体の女が大好き人間だったらしい。ひと目ぼれだって」

「へえ。蓼食《たでく》う虫も好きずき、というけれど、人間は相性だね」

「まさに、相性だ。西郷隆盛も、京都の巨体の女に惚れこんでいたというエピソードがあるよね。維新の志士が、江戸にむかうまえ、西郷はなんで超デブ女と名残りを惜《お》しんでいるのか、とあきれていたとか」

「歴史に強いね、源さんは。私は初耳だ。中古船の仲買はなにをやるの？」

「船も、車も、耐用年数がある。だから、中古船市場があるんだ。鉄くずが高いときは、戦前の古い鋼船を安く買いとり、解体してスクラップにして売る。朝鮮戦争から、鉄の需要は急激に増えたからね。当たれば、儲《もう》けは大きい」

この間に、定期船が伊予《いよ》の島々から木江港に向かってくる。汽笛が鳴る。その汽笛で、源さんはもう午後三時一八分だとぴたり言い当てた
「最後の一局だ」

私はこれに賭《か》けた。その実、源さんは最後の対局で、ほとんど故意に負けてくる。それがあとで悔《くや》しくなり、数日後に、また挑《いど》むのだ。

「うわさを聞いたよ。源さんは、岬にある修業庵《しゅぎょうあん》の尼僧《にそう》に惚れているらしいね」

腕を組んだ源さんは無言で、将棋盤をにらんでいる。

「聞いたよ、『源さんはバカだよね、この港にはいくらでも女がいるのに、選《よ》りによって、尼さんに惚れるなんて』と」

源さんからことばがまったく返ってこない。

推定五十歳くらいの尼僧が時おり、経文《きょうもん》を唱えながら托鉢《たくはつ》で、港町の家いえをまわっている。海岸で錫杖《しゃくじょう》の音がひびくと、源さんはおちょろ舟の掃除、修理の手を止め、海岸通りに出て、財布から、やや過剰なお金を取りだし、それをおもむろにさしむける。

尼僧から微笑みの一つがもどってくるわけでもない。

その修業庵は、神峰山《かみのみねやま》の南の稜線が海岸に落ちる寸前の、小高い丘にある。寺というよりも、尼が住む小さな庵だった。そばの墓地には、無縁仏の墓がある。

ふしぎなのは、私が時おり、神峰山を登るにつけ、いつも墓花《はかばな》が萎《しお》れず、線香がたなびいていている。尼僧だけの手ではないとおもう。

この修業庵は、姐さんの駆け込み寺の役目を担《にな》っている。以前、源さんからそう聞かされていた。前借《ぜんしゃく》の軟禁《なんきん》状態で働かされる姐さんたちが、時として命がけで庵に駆けこむ。逃げ込むまえに、ほとんどが捕まるようだけれど。

流れ者の怖い用心棒とか、入れ墨の男とか、ばくち打ちとかが、修業庵のまわりで昼夜をとわず、交代で見張っているからだ。そんな警戒をうまくくぐり抜けて、年に六、七人は庵に駆け込んでいるらしい。

中学教師の私は、登山が好きだ。去年の秋、神峰山の山頂に登り、夕暮れどきに下山してきた。秋の日暮れは早い。湾内の街に灯火が点いていく。陽がすっかり暮れると、伊予の島々の集落がまるで光るビーズ玉を散らしたようにきらめく。夜空の星や天の川と合流する、魅《み》せられる情景に変わった。

すぐ近くの修業庵に、なにかしら動きがあった。尼僧が両腕で十代らしき娘を抱きしめ、背なかを二、三度やさしく撫《な》でてから、狭い庵のなかに消えていった。その直後、怪しげな男が複数現われた。

私の顔をちらっと見ると、なんだ中学の先生か、と一言だけいって、なんら問いもせず、周辺をきびしい目で探索《たんさく》していた。

修業庵に駆け込みが成功した姐さんを、どのように大崎上島から脱出させるのか。それを問うても、源さんは首を傾げるのみだった。

私が推量するに、信仰心がつよい島人は、お寺を敵にすれば、地獄の釜《かま》に突き落とされると信じている節がある。本山から高僧がきて、修業庵に逃げ込んだ姐さんを連絡船で連れていく。その場面が確認できても、女郎屋の用心棒は、けっして高僧や尼僧に暴力をふるわない。そんな取り決めが、女郎屋の組合的な組織にあるのかもしれない。

あるいは、尼僧が警察に、姐さんの身に危険があると言い、保護願いをだすことも考えられる。

私の目からみると、木江港の女郎屋には、見栄《みえ》っ張りな風評争いの傾向がある。町役として善良な顔をも持ち合わせている。悪評にはとても敏感だ。だから、島内の社寺や学校、むろん警察など敵にまわさない。

この町に赴任してきて、おどろいたことの一つに、生徒たちから発せられることばに、「半殺《はんごろ》しにしてやろうか」、という表現がある。私がなんど生徒に注意しても、些細《ささい》な言い争いでも、半殺しにしてやろうか、とつかう。鉛筆一本、盗った、とらないでも、日常的に乱暴なことばが平然と口からでてくる。港に女郎屋がひしめく土地柄だろう。

「ところで、この町で、姐さんが亡くなれば、島の葬儀に身内は呼ばれるの？」

私は打つ将棋の手を変え、話題も変えてみた。

源さん自身も、身元への連絡のつけ方はよくわからないという。これも、私の推量《すいりょう》だけれど、女郎屋の主は、前借の証文《しょうもん》から肉親や身元保証人に連絡をつけているのだとおもう。

「みた感じ、遺族のだれか一人か、ふたりきて、火葬場の寂《さび》しい葬式だよ」

その日のうちに遺骨が引き取られて、ふるさとへ帰る。

木江港にいた娘だといえば、あんたの処の娘は女郎だったのか、とわかってしまう。風采《ふうさい》が悪いとおもう人間は多い。亡き娘たちは、死に場所すら伏せられてしまう。

「埋葬《まいそう》はどうなるのかな」

「可哀《かわい》そうだけれど、穢《けが》れた娘《こ》だと言い、先祖の墓に入れてくれるか、どうか、疑わしいかぎりだ。それ以前に、若い娘を担保《たんぽ》にするような貧困家庭だから、死んでもほとんど連絡がとれないらしい」

そうなると、火葬のあと、修業庵で無縁仏になる。

ここの尼僧はそれをあわれみ、伊予大島の石材店に、当人に似せた彫《ほ》りのお地蔵さんを発注する。尼寺には檀家《だんか》が一軒もない。

「そのお金はどこから調達するの?」

「托鉢《たくはつ》で足りず、町の有志にねがいでておる」

発注から二、三カ月経《た》つと、伊予大島から小型船で、石仏《せきぶつ》が木江港の野賀《のか》の岸にとどく。源さんが独りでお地蔵さん三〇～五〇キロを背負い、神峰山の急斜面をかつぎあげているのだ。

「なぜ、一人で背負うの?」

源さんはいつもながら語らない。

二年生担任の私は、なにかの拍子に、生徒の親から聞いたことがある。

「バカなちょろ押しだよ。三十半ばで、なんども腰を痛めているのに、毎度、毎度、お地蔵さんをひとりで神峰山にあげているんだから。尼さんを一人占めにしたい下心が丸見《まるみ》え。あのちょろ押しの源さんは、年取ったら、腰が動かなくなるに、決まっておる。尼僧に惚れても、実らぬ恋だし、バカだね」

「先生、成金《なりきん》で、王手だ」

「えっ、そんな手があったの」

「先生は、将棋にまったく集中しておらんからだよ」

「こうして将棋をさしながら、源さんと語るのが愉しいんだ」

「先生のはなしと将棋と、両方あいてにする、ワシもたいへんだ」

その王手から、私は回避できた。真上から、桜花の淡い色の花びらが将棋盤に落ちてきたので、源さんが口で吹いて取りのぞいた。


ふたりの話題が、女郎たちの死因《しいん》におよんだ。

「なんといっても夜の商売だし、死因の第一は結核《けっかく》だな。不規則な生活環境で、過労で倒れる。女郎屋は、姐さん方が咳込《せきこ》む、早ばやとレントゲンを撮らせる。結核《けっかく》だと診断されると、ほかの姐さんやお客に伝染するからと言い、隔離《かくり》部屋に送り込まれる。一貫目《いっかんめ》、天満《てんま》とも、女郎屋のなかには座敷牢《ざしきろう》もあるから、そこも使われる」

「……座敷牢、聞いただけでも、怖いな」

「先生は見たことないだろうけど、座敷女郎の部屋なんて、安普請《やすぶしん》で、壁は薄い。板のはりあわせだから、透き間が多いし。結核菌など、いらっしゃいませだ。だから、隔離される」

源さんがいきなり香車をさっと進めた。私はその香車を迎え撃った。

「板壁が薄いと、男女のいとなみの奇声《こえ》など、きっとつつぬけだね」

「からだが商売道具だと、割り切らないと、自分が哀れになるだけだ。そんな奇声なんて聞きなれたら、猫の盛り声とおなじ。『そんな声をあげて、うるさいわね、眠れないじゃない』と隣り合って声が飛び交うらしい」

将棋盤の駒が五、六手へすすむと、源さんが結核の話にもどした。

「レントゲンで肺が白くなると、入院だの、手術だの、お金がかかるから、お義理ていどの病院通いだ。往診《おうしん》もない。かわいい盛りの年頃の姐さんが日々、やせ衰《おとろ》え、高熱をだして悪化していく。女郎屋のなかには、身元引受人を島に呼びだし、突き返してしまうこともあるらしい。いくら前借が残っていても……」

身寄りのない女性はなおさら悲劇だ。ただ飯食いだと言い、三度の食事が二度になり、一度になっていく。『あんたの置き場がない』と罵詈雑言《ばりぞうげん》だ。駆け込み寺にいきなよ、見逃してあげるよ、と追い立てられる。

「ほんとに、修業庵に送り込まれるの?」

「先生、そんなことはできっこない。女郎屋がこっそり結核の姐さんを庵に送り込んだとなると、尼さんに染《うつ》りかねない。島人は信仰のこころが篤《あつ》いから、批判轟《ごう》ごう。木江ではもう商売などできなくなる。ただの嫌味と脅《おど》しことばだよ」

姐さんが不治《ふじ》の病《やまい》になると、前借が大損になった、という腹いせのことばだ、と源さんはつけ加えた。

「そういう源さんは、病人を見捨てておけない性格じゃないの?」

私は将棋盤から、源さんの目をみた。

「女の下の処理もあるし、男のワシのでる幕じゃない」

「ところで、源さんはどうして、お地蔵さんを独りで神峰山にかつぎ上げるの？　重い石像でしょう。なぜ、他人《ひと》の手を借りないの」

きょうこそ真相を聞きだしてやろう、と私はきめた。ここは詰将棋なみに、知恵の絞りどころだ。

「王手」

源さんの駒が将棋盤で、おおきな音を立てた。

それを逃げ切ったうえで、私はこう訊いた。

「尼さんに惚れた源さんの点数稼ぎだ、という噂《うわさ》もあるけれど。本心はどうなの？」

「半分は当たっておる。あと半分はちがう」

「ならば、信仰心からなの？」

「まあ、四分の一は当たっておるかな。先生も、この『銀』で巧く攻めてくるな」

「ずいぶん、もったいぶっているね。源さんが他人《ひと》に言えないむかしの罪の意識から、解放されたい。だから、お地蔵さまの担ぎ手を買って出ているとか……？」

私が王手をかけた。

「白状するよ。金稼ぎなんだ。一人占めにしないと、尼さんからもらう手間賃が少なくなる」

「えっ、そうなの。善行《ぜんこう》だろう、と信じて疑わなかった。ちょっと失望だな、源さんには。そのお金は一体どこにつかっているの？」

「……。この飛車が憎たらしいな。次は王手でくるな。ワシも、いちど待ったするかな」

「だめだよ、待ったは。本音を白状しな」

うむ、と源さんは腕組みして考え込んだ。

「ここに『金』を張るよ」

「先生、良い手だな。お地蔵さんをかつぐのは、無常観《むじょうかん》、『もののあわれ』かな」

「ずいぶん高尚《こうしょう》な理由だね。無常観とか、もののあわれとか……」

「ふかい意味は知らない。尼さんの説教で、よく聴くことばだから、使ってみた」

源さんは静かに銀をあげた。

「源さんが内面で、それを感じ取っているから、ことばになって出てくるんだ」

「ちょろ押しは、女郎屋のなかで最も弱い立場だ。金はない、女将《おかみ》にも楯突《たてつ》けない。病人の姐さんを守ってもやれない。無常でなく、無気力だな」

「その認識自体が源さんの、もののあわれだよ。可哀そうな姐さんを常に身近に感じている。だから、無常観になっているんだ」

「言っておくけれど、ワシは自己保身、立木屋に楯突かない、その一辺倒《いっぺんとう》のちょろ押しだよ。まあ、たった一人、藤姐《ふじねえ》さんだけは、死の直前で、ちょっと行動したくらいだ」

「聞きたいね。それを」

「中学の先生は好奇心があり過ぎる。ちょろ押しは夜、舟の艪《ろ》を漕《こ》ぐだけでなく、昼まえに起きて雑役掛《かかり》だ。ゴミ捨て、商店へ使い走り、造船所で端材《はざい》を貰ってきて、風呂場の焚口で切りそろえる。飯を食べていても、すぐ用を言いつけられる立場だ」

源さんの目が将棋盤をじっとみつめていた。

「藤姐さんは、別嬪《べっぴん》だったの」

「もちろん。ワシが御手洗《みたらい》から木江《きのえ》に移ってきた頃、十九の艶《つや》やかな肌で、最も評判のよい女郎だった。本船のタラップを上るのも、いつも最初だった。顔立ちは良く、心は優しく、ちょろ押しのワシですら、惚れぼれする姐さんだった。立木屋に住み込んで半年が経ったころかな、二十歳の藤姐さんが厄介《やっかい》な病気を拾ってしまった。月に一度の、町の性病検査で陽性だったらしい」

楼主は有無《うむ》もいわさず、藤姐さんを病人扱いで、隔離部屋に押し込んだ。

（ペニシリンで治療すれば、治るだろうに）

そう助言を口にすれば、楼主《ろうしゅ》との間で厄介で、面倒な、気まずい関係に陥《おちい》る。無言がいちばんだと、源さんはひとことも言わなかった。

藤姐さんの神経はやや細かった。精神的なショックだろう、姐さんは食事を食べのこす。「食糧難のご時世《じせい》に、食べたくないものには、運ばなくても良《い》いよ」と三度の食事が一度になった。だから一回しか、源さんは食膳を運ばなかった。

隔離部屋の構造は、便器、鏡台、押入にセンベイ布団一つ。北向きの粗悪《そあく》な居住空間だった。陽は射さず、湿っぽく、畳に毛虫やムカデが這《は》いずりまわり、健常人でも気持ちが暗くふさがる雰囲気だ。

食の細い藤姐さんが、日増しにやつれた身体になってきた。

立木屋の賄《まかな》い女中から、「源さん、おかゆを運んで」といわれると、それを隔離部屋にとどけた。薄い寝床に横たわる姐さんは、ひどく青白い顔で、死に瀕《ひん》した皮膚の色だった。二重瞼すら往年《おうねん》の魅力の影すらなかった。「すまないね、手間《てま》をかけるね」と細く涸《か》れた声が返ってくる。

姐さん、気をしっかり持ちな。そのていどの会話だけだった。

やがて寝間着も汚れたままで、便所で用を足《た》すのさえも這っていき、難儀《なんぎ》なようすだった。部屋には悪臭がただよう。

「ワシは男だという理由だけで、手を貸さなかった。見てみぬふりを決め込んでおった。ようは自己本位な男よ」

立木屋のやり手婆が、これに着替えな、と他の姐さんの古着を窓越しに投げ込む。部屋の出入口の食膳には、銀蠅《ぎんばえ》が無数にたかっている。これが女郎たちの運命だ、宿命だと、源さんは自分のこころに言い聞かせていた。

食膳を運んだある日、藤姐さんの顔面、首筋、耳などに死斑《しはん》に似た点が確認できた。あまりにも、あわれな想いが源さんの胸を突いた。いつものごとく、この場からさっと立ち去れなくなった。

「姐さんはどこの生まれなの?」

座敷前の縁側に腰を下ろした。

「うちは四国・伊予の貧しい山奥よ。石鎚山《いしづちさん》からみたら、高知より」

彼女は「貧乏人の子だくさん」の口減《くちべ》らしで、七歳のとき立木屋に養女として貰われてきた。幼いころは「禿《かむろ》」として良い洋服《べべ》を着せてもらい、わりに自由な身だった。そのうえ、お茶、お花、書道、日舞、三味線、唄など芸事などもひととおり習えたとはなす。夏は浜の海辺でも遊べた。神峰山にも二度ばかり登ったし、社寺に遊びにもいけたと聞かす。

初潮で大人になり、おちょろ舟に乗る年になると、立木屋から勝手に遊びに出られず、身柄《みがら》の拘束《こうそく》がはじまった。夜はおちょろ舟でお客を取らされた。ただ、伊予の実家へ、月々の仕送りは認めてくれた。

二十七歳になると、町の女郎組合の申し合わせで、前借があっても自由になれる。

その間に、身請《みう》け話があると、立木屋から出ていける。かつて「藤姐さんは顔立ちが好い。気立ても良いから、身請人がすぐにつくよ」と二、三度そんな話が源さんの口から出たこともある。

立木屋の楼主は上級船員から話があっても、法外な値をだすから、身請け話はすべて流れていたようだ。あらためて一つ話がきた矢先《やさき》に、藤姐さんは性病だと烙印《らくいん》を押されてしまったのだ。

「ワシは、そんな姐さんを助けてやろう、という勇気がなかった」

「ほんとうかな？　内心はぞっこん惚れていたのとちがうの？」

私は「角」で王手と言った。

源さんは器用に逃げた。

「先生は、詰将棋の手になると、強いな。ちょろ押しと、商売用の姐さんとの恋はご法度《はっと》だ。与太者《よたもの》に、問い詰められて指を落とされる」

隔離部屋の藤姐さんは、日々に憔悴《しょうすい》していく身だった。

ある日、「死ぬ前に、神峰山に登ってみたい。伊予の海を見てみたい」と寝床から藤姐さんが細い声で言う。

「そんな弱った身体じゃ、山には登れん。まず飯をしっかり食べて滋養《じよう》をつけんとな」

と言うと、藤姐さんの澄《す》んだ目が悲しげな弱い光になった。憐《あわ》れというか、言いようのない痛ましさを感じさせられた。

(ワシが逆の立場だったら、どうだろう、死ぬまえに一度でもいいから隔離部屋から外に出てみたい、神峰山からふるさとの方角を見たいと、つよく願うだろう)

源さんはそう思う一方、他方で、この藤姐さんを戸外に連れだす口実を考えはじめた。立木屋の楼主や女将から、どのように承諾《しょうだく》を取るべきか、と思慮した。

数日後、夕陽が神峰山の肩にかかりはじめていた。源さんは台所の一角で、急ぎ飯《めし》をたべていた。ガラス障子越しに、湯上りの女将が庭伝いの回廊《かいろう》をやってくる姿がみえた。台所にくると、いつもどおり張店世《はりみせ》にでる座敷女郎と、おちょろ舟に乗せる沖女郎の確認をする。

「きょうは六人が沖に出る」

「大型船が入港したから、船長や機関長や甲板長が陸にあがってくるわよ。沖は四人にして、二人は張店世に出すわ」

「女将さんよ。藤姐さんをいちど病院に診《み》させんと、座敷で死んだら、警察に疑われるんじゃないの」

源さんは茶碗と箸をもったまま、そう切り出した。

「性病の娘《こ》が死んで、なんで警察ざたになるのよ」

立ち去りかけた女将の目がつよく反発していた。

「梅毒《ばいどく》は皮膚《ひふ》がただれて、斑点《はんてん》がいっぱいできると聞いておる。それでも一、二週間くらいで、ぽっくり死ぬ。藤姐さんのからだに性病の瘡蓋《かさぶた》はないし。ここで死んだら、ちょっとな」

「なにがちょっとなのよ」

「警察に、立木屋が餓死《がし》させたと疑われないかな、とおもった。いちど病院に診させておかないと、痛くない腹を探られる」

「あの娘は性病でしょ。病院で、陽性が出ておるのよ」

「座敷で死んだとなれば……、警察は疑うのが商売じゃ。病院の診たてちがいもあるし。再検査はいちどもせず、病院にも診させなかったら、厄介なことになりかねない。司法解剖にまわして、性病じゃなかったら、餓死の殺人罪になるかもしれん」

「えっ、殺す気で、隔離したんじゃないわよ。源さんまで、疑わないでよ。ひと聞きが悪い。それなら、お医者さんを呼んできて」

「この際、姐さんを病院で診てもらった方が、立木屋に誠意があるんじゃないかな」

「なんの誠意よ」

「聴診器の往診よりも、治療器具のそろった病院で診させたほうが、真剣に治《なお》させたいという誠意になる」

「金がかかるわね」

源さんはあえて無言で、あとはあなた次第《しだい》だという態度を取った。

「わかったわ、いっさい任せるから、明日にでも、源さんがリヤカーに乗せて病院に運んでいって。警察に疑われるのはごめんよ」

女将が怒り顔で去っていった。

源さんはすぐさま隔離部屋で、その話を藤姉さんに聞かせた。

「うちは病院には行きたくない。どうせ、助からない身だもの。源さん、背負子《しょいこ》で神峰山に登らせてくれない？」

「なんで、神峰山？」

「幼《こま》いときに登った神峰山から、四国の山脈《やまなみ》を……。ひと目見たいの、ふるさとの石鎚山を」

「そうか。病院の薬よりも、石鎚山が滋養《じよう》になるかもしれんな。そうするか。あした、山に登ろう。夜が明けたら、仕度《したく》をするから」

神峰山の山麓《さんろく》には、ミカン農家がわずかにある。段だん畑で野菜も育てている。翌朝、源さんは農家に出むいた。応対してくれる五十代の農婦に、あらましの事情を聞かせた。

「その姐さんは、長生《なが》《い》きはむずかしそうね。最期に着せてあげんさい。これは西陣織《にしじんおり》の上等なきものよ」

農婦が奥のタンスから藤紫色の和服を取りだしてきた。

「姐さんは風呂にも入っておらんし、きものを汚して返すことになる」

「戻さんでもええで。娘がきる振袖《ふりそで》だし。仕立て直ししても、柄《がら》が藤の花だから、この歳になると、派手でよう着られんけん」

太平洋戦争が終戦したあと、この島の農家にも、都会から大勢の買いだしがやってきた。豪華なきものと、野菜などが物々交換された。タンスには使われる予定もない和服や帯がたくさん眠っていると、農婦がつけ加えた。

「それなら遠慮なく、姐さんに貰っていくから」

それらきものが隔離部屋に持ち込まれた。

着替えのまえに、源さんは風呂場から湯おけとタオルを持ってきて、人骨の標本みたいな彼女の全身を拭いはじめた。

「うち、まだ、女ね、恥ずかしいところ、源さんに見られたくない」

彼女は一枚のタオルを手にし、身を隠すようにつかった。

「ワシはバカじゃ。長襦袢《ながじゅばん》と腰巻《こしまき》をもらってくるのを忘れた」

「いいの。西陣織のきものを直接着るから」

「……。若返ったな。きれいだよ。姐さん」

源さんはリヤカーに敷布団《しきぶとん》を敷いてから、紫色の花が鮮《あざ》やかに咲いた藤姐さんを荷台に移しはじめた。両手で抱きあげても、彼女は一〇貫目（37・5キログラム）もない。背負子《しょいこ》がなくても、背負《せお》って神峰山に登れる軽さだとおもった。

一貫目から天満の桟橋の先まで、リヤカーを引いていく。新造船を建造する鉄鋲《てつびょう》の音が一段と近づいた。木江造船所の手前で、リヤカーを止めた。

「背負子なしで、背負うよ」

「すまないね」

「なあに、気にしない。もうすぐ故郷の山が見えるぞ」

源さんは彼女のからだを背負った。折れ曲がった石段を一歩ずつていねいに登りつめると、修業庵があった。その先からは神峰山への白い砂地の細い登山道になった。ウグイスが鳴く。近づくと啼き方が忙《せわ》しげに変わる。

源さんは背中から、藤姐さんの弾力を失った胸の骨、枯《か》れ枝のような両足、肉のない臀部《しり》を感じとっていた。ここまで痩《や》せられるものか、と気の毒で、こころは暗く重かった。

「先生。こんなところで、『銀』はなしだ」

「待ったは無しだよ」

「まずいな」

腕組み考え込んだ源さんは、頭のねじり鉢巻きを縛《しば》りなおした。

「藤姐さんの話はどうしたの？」

「神峰山《かみのみねやま》に登って、それで終わり」

「それはないだろう。ここまで聴かせておいて」

「先生の駒も、しつこいね」

「背中の藤姐さんとは、会話できたの？」

「いくら痩せた筋皮骨衛門《すじかわほねえもん》でも、人間のからだは重い。シャベリながら登るとつかれるものよ」

登るほどに、軽い女の身でも、汗が噴きだす。青空では五羽ほどのトンビが啼きながら、しずかに滑空《かっくう》していた。砂土《さど》が乾いた滑りやすい登山道だった。左右には黒松・赤松が多く、松脂《まつやに》の匂いが鼻孔《びこう》を突く。

ふり返ると、浮上する島の数が増えてきた。

青い海が海流のちがいで濃淡の色合いになっている。多様な船舶が海峡《かいきょう》を行きかう。のどかな釣舟、木江港に入港する汽帆船《きはんせん》など、それらが一望できた。

「ほら見てみな。伊予の島々がずいぶん浮き上がってきた」

藤姐さんは無言だが、遠望を凝視《ぎょうし》しているようだ。おおかた彼女の目にはふるさとを想う悲哀の色が漂っていることだろう。

「さあ、もうひと登りだ」

登山道には、無縁仏《むえんぼとけ》の地蔵が目立ちはじめた。苔《こけ》むす古い石仏の顔は風化《ふうか》してきている。新旧問わず、お地蔵さんは真っ赤な前掛けをかけてもらっていた。

「だいじょうぶかい」

息絶えたのかな。とおもいきや、細い息が源さんの首筋に感じられた。

(山頂まで、生きておれよ)

死は残酷《ざんこく》だ。死を恐れない人間はいないとおもう。枯れ果てた体躯《からだ》の姐さんの切ない悲しみを察《さっ》すると、あわれな気持ちがより重く広がった。

（次に藤姐さんを背負うときは、お地蔵さんだろうな）

「源さん、すまないね」

ふいに出てきたことばが、生きている証しだった。

「気にしないって」

山頂に近づくほど、足もとにはシダ類が多く茂る。曲がり角には、お地蔵さんが多い。いずれも、こちらを見ている。仲間を誘い込むような目である。

立ち止ってみる。背中から姐さんの鼓動《こどう》が、かすかに伝わってきた。また、登りはじめた。

前方には小さな鳥居《とりい》があった。

「着いたよ」

簡素な造りの社《やしろ》には、「石鎚山礼拝所《いしづちさんらいはいしょ》」の看板が掲げられていた。

しゃがんで、源さんは背中の藤姐さんを繁《しげ》る雑草のうえに下ろしはじめた。彼女の身体が崩《くず》れていく。とっさに姐さんの背中にまわった。源さんは両手を彼女の脇下に入れてから、その身体をもちあげ、立たせた。

「この神峰山の山頂からは、一一五の島が見えるんだ。その数は日本一だよ」

瀬戸内の青い海面には、緑の島々が幾重にも連《つら》なっている。大小の緑の島が点在する。奇岩《きがん》か、島か、変形した小粒の島も混ざる。

南方で最も視界を奪うのが大三島である。

「うち八八個まで、数えたことがある、子どもの頃に」

死の瞬間は、ロウソクの火がぱっと燃え上がるように正気になるという。藤姐さんの語調から、それが感じられた。

大三島の先が今治市で、四国の突端《とったん》だった。

「ほら、尖《とが》った感じの山がある。あれが石鎚山《いしづちさん》だ」

源さんが、彼女の腋の下に入れた右手の指先で、そちらを指した。

「そうね、あれが石鎚山よね。わたしの生まれた田舎はね、石鎚山のむこう側、高知との県境よ。きれいな水の四万十川《しまんとがわ》があった……」

それだけ言うのに、二、三分を要するほど、姐さんは体力を失くしていた。

（七歳から一度も帰っていない故郷だろう）

彼女は幼くして口減らしで木江港にきた。大人になり、毎日、身を売る生活だったが、実家には仕送りをしていたという。賢明《けんめい》に、精いっぱい生きていたのだろう。

源さんの両腕のなかで、藤姐さんは眠るように息が絶えた。

「おい。藤姐さん。どうした」

呼びかけても、もう反応がなかった。上空のカラスがやけに啼きはじめた。

源さんは姐さんの短命を想った。……早くにいのちを助けてやれず、もどかしく、口惜《くや》しかった。しかし、姐さんの遺体をかつぎ降ろす段になると、気持ちがもう自分本位だった。

「どう違ったの？」

ここは王手で決着できるが、二、三手は遊んで、源さんの話を聞こう。

「ワシが神峰山で、姐さんを殺したとおもわれないかと、急に身震いをおぼえた。病院や警察で疑われたら、どのように無実を証明できるか、とおもうと、氷のような恐怖がからだを突きぬけた。背中の藤姐さんがはやばやと『死人』ということばに変わっていたんだ。冥福《めいふく》よりも、ワシの頭はそっちの言い訳に向いていた。人間って、身勝手なものよ」

海辺まで下山した源さんは、リヤカーに乗せた遺体を掛布団で隠し、天満の病院へと連れて行った。老医者がリヤカーの側で診てくれた。

一貫目の立木屋から、この病院にくる間に、姐さんの息が耐えたらしい、と源さんはとりつくろった。藤の和服に付着した雑草がやたら気になったけれど、神峰山に登ったとは決して口にしなかった。

源さんは知らぬ顔の半兵衛をきめつづけた。

老医師は二つ、三つの質問で、多臓器不全《ふぜん》だといい、死亡時間をきめた。しばらく待たされたあと、女子医療事務員が死亡診断書を手渡してくれた。これを町役場に持っていくと、火葬許可書が出るわよ、という。

「それで?」

源さんはたった一人だけのさびしい火葬だったと語る。

「おわり。人殺しにならずにすんだ」

「お地蔵さんは?」

「ずっしり重かった。生きている藤姐さんはやせ細って軽かったが、背中のお地蔵さまはえらく重かった」

「どんなことばをむけたの？　お地蔵さんに」

「背負いながら、ワシらちょろ押しは、あんたら姐さんの肉体《からだ》で、ご飯を食べさせてもらっておる。感謝、感謝だよ、と言いつづけた。お地蔵さんを神峰山へかつぎ上げるとき、修業庵の尼僧が同行してくれる」

源さんが岩場の土台に、静かにお地蔵さんを据《す》えつけてから、モルタルで固める。この間に、尼僧が数珠《じゅず》と鉦《かね》を鳴らし、読経《どきょう》をあげている。

すわり心地はどうかの、とお地蔵の顔を撫《な》でてあげる。この瞬間は、生前の藤姐さんの顔と重なり、やりきれない気持ちに陥《おちい》った、と源さんはことばを詰まらせた。

「どの、お地蔵さんも身寄りがなく、可哀そうな死にざまだ。憐《あわ》れな死だから、だれかれ問わず胸が痛む……」

源さんはひと呼吸おいてから、

「去年の暮のお地蔵さんは、元十両のちょろ押しの舟から、源さん、源さん、と笑顔で手をふってくれる明るい娘だった。二十歳まえにして死んだ。顔見知りとなると、なおさら哀れで、ワシは涙をこらえるのが、たいへんだ」

（源さんは、心があたたかいひとなんだな）

ちょろ押しの心優しさが、私の胸に迫ってきて、おもわず目がうるんだ。桜を見あげながら、源さんには耳だけを貸していた。涙をみせないようにするほどに、かえって頬にその涙が流れてきた。

「藤姐さんの葬儀のあとから、尼僧がいつもお地蔵さんのかつぎの役をワシに頼んでくる。毎回だ。荷揚げの駄賃をもらうと、わしは自分の給金もすこし足して、島のいくつかの医院に、『どこぞ、女郎屋の姐さんたちが、結核や性病にかかり、薬代が払えないとき、お地蔵さんからだと言って、使ってください』と内密《ないみつ》にとどけておる」

「殊勝《しゅしょう》だね」

「先生。もう時間だ。おちょろ舟の船出の支度がある。この将棋を早く終《しま》いにしよう」

「わかった。どのお地蔵さまも、こころから泣いているとおもうよ」

私がみたところ、神峰山の登山道にならぶお地蔵は一体ずつ表情がちがう。こころなしか悲哀の顔、憎しみの顔、心細い顔、憂《うれ》いの顔が多いようにおもえる。

「先生。このごろ、町で売春防止法の法案の話題がよくでてくる。いずれワシは職を失くして、どこぞ流れていく。真夏の暑い盛りには、神峰山にくるつもりなんだ。お地蔵さんを一体ずつ洗って、磨《みが》いて、成仏《じょうぶつ》を祈ってあげる」

「なぜ、真夏なの?」

私の勝ちで将棋を終えた。花を持たせてくれた源さんが、将棋盤から小箱に駒を流し込んでいる。

「八月の太陽で、お地蔵さんの石が焼けて、からだが熱くなる。さわると火傷《やけど》するくらいに。

お地蔵さんに冷たい水をかけてあげる。すると、お地蔵さまの目から、うれし涙がしたたり落ちてくる。水浴びだけでなく、からだを丹念に磨いてあげる。そして、祈ってあげる。あの世まで持っていった怨《うら》みが、多少でもとれて、成仏してくれると、ワシはおもっておる」

「教員の私も、いずれ大崎上島から立ち去る日がくる。夏場には、この私も神峰山にきてあげよう。木江中学校に赴任し、こうして姐さんたち女郎の悲哀を知った縁もあるし、悲運な人生だった娘たちの供養《くよう》のためにも」

「先生、こころまでも、きっと洗われて清められるよ」

源さんが将棋盤をかかえ、私は桜の樹に縁台を立てかけた。

祖父の大学ノートをめくっても、ちょろ押しの源さんの出身地とか、連絡先とかはまったく不詳《ふしょう》である。

彼女は木江港の元女郎屋の関係者、お寺、病院、元教師など訪ねあるいた。キラキラ輝いた売春の港町は、もう昔のことよ、と隠したがるひとも多い。ちょろ押しの職業を知るひとは、幾人もいた。しかし、石仏を背負っていた心温かい源さんを憶えているひとには巡り合えなかった。

尼僧の修業庵はいまや本堂や庫裡《くり》も備わった金剛寺となり、男性住職に代わっていた。そこの脇道から神峰山に登った。瀬戸内の美観をながめるお地蔵さまたちは、毎年、真新しい赤い前掛けを着せ替えてもらえているらしい。

悲運、不幸な人生だった娘たちが、命を落としたあと、お地蔵さまとして崇《あが》められ、とても大切にされている。

「洗う、磨く、祈る」

彼女はつぶやいた。なにかしら目がしらが熱くなった。

神峰山のすそ野には、ちょろ押しの源さんのように、胸にジーンとひびく、耐えがたい涙の伝聞がまだいくつも残っているみたい。それを聞き取り、祖父の大学ノートに書き込んであげようときめた。

第2章　初潮のお地蔵さま

うすい単衣《ひとえ》姿の十三歳の梨絵《りえ》が、女郎屋「立木屋」に連れてこられてから、すでに二か月半が経つ。清楚《せいそ》な娘には、およそ縁遠い場所だった。

立木屋は、大崎上島の木江《きのえ》港にあり、「一貫目遊郭街《いっかんめゆうかくがい》」と呼ばれる目立つ場所にあった。

朝日が昇るまえ、うす暗いうちから、彼女は働きづめである。室内の竈《かまど》に枯れ松葉をつかって火を熾《おこ》す。

土間の窓ガラスはまだうす闇で、梨絵のはたらく姿が写る。細面の梨絵は二重瞼で、目鼻立ちがはっきりしている。艶《つや》のある黒髪は、後ろでたばねて輪ゴム一つで結ぶ。

台所の一角には、近所の造船所の廃材が積み重ねられていた。梨絵はそれを鉈《なた》で細く割り、竈に入れて赤い火を大きくする。

竈の火が上手《うま》くまわると、ぞうりを脱ぎ、板の間の食堂にあがり、折り畳み式の長テーブルを三つならべる。それぞれの四脚《あし》を開く。背丈ほどの戸棚から、姐さんたち七人の食器、塗り箸、湯呑み茶碗をテーブルにならべていく。

「順番をまちがうと、姐さんたちから癇癪玉《かんしゃくだま》を投げつけられる。この位置で大丈夫かしら」

食器類を個々におく位置すら、彼女は慎重《しんちょう》にも慎重をきす。それとは別に、立木家の四人家族用の食器類をお盆にのせはじめた。

「もう六時まえ。急がなければ……。朝帰りの早い船員がいると、たいへん」

彼女の視線が壁のながい柱時計にながれた。

帰りぎわの男の顔を見たらいけない、と言われている。泊り客が帰る前に、玄関を掃除しておかないと叱られる。

この家屋はかつて造船所経営の大金持ちの豪華な私邸であったと聞く。

太平洋戦争の終戦直後の混乱期には、没落《ぼつらく》し、それを立木屋が買いとり、海岸通りに面した母屋を女郎屋に改造していた。一階は遊郭特有の格子《こうし》造りの「切見世《きりみせ》」で、夜ともなれば、室内灯で姐さんたちの顔が海岸通りからしっかり見える。

平均年齢が二十歳の「一夜妻《いちやづま》」とよばれる七人の姐さんたちは、二階、三階の小部屋に割り当てられている。

母屋の正面玄関にまわった梨絵は、急ぎはき掃除をしてから、白い盛り塩をする。一夜《いちや》宿泊した船員らを見送る姐さんの気配を感じると、梨絵はさっと路地《ろじ》横に身を隠した。そして、裏木戸《うらきど》から土間の台所にもどってきた。

窓からは夜が明けた庭の樹木が、鮮明に見える。野鳥がさえずり、飛びかう。中庭には築山《つきやま》と池と奇岩《きがん》とを豪勢に配置する。その庭をかこむ三方の建物は、渡り廊下でつながっていた。

表の海岸通りからみれば、裏手となる別棟《べつむね》は戦前からの豪華な造りのままで、立木家の家族四人が優雅《ゆうが》に暮らす。姐さんたちの生活空間と、家族とはほぼ切り離されていた。もう一か所、宗《そう》箇《こ》流の茶室が残っている。立木夫婦には茶の心得《こころえ》がまったくなく、家族の食事の場につかわれていた。

立木家族四人用の料理は、七時半ころに茶室に運んでおくと、あとは女将《おかみ》の登代子がやってくれる。

姐さんたちの寝起きの時間はまちまちで、遅いものは一〇時、一二時である。梨絵は中庭の掃除や、外庭の雑草取りなどをおこなう。この間に、姐さんたちが食堂に現われると、梨絵は台所にもどり、ご飯と、みそ汁を装《よそ》う。

朝の姐さんたちは衣服もまちまち、パジャマ姿だったり、下着のシミーズ姿だったりする。厚化粧すら落とさず、おもいのまま座布団に腰を下ろす。

「はい。ご飯です、みそ汁です」

長テーブルには共有できる海苔《のり》のビン詰、漬物《つけもの》の鉢、つくだ煮がある。おかずは個々に一品ずつおいている。

「よく働くわね、梨絵ちゃんは。こんな女郎屋につくしても、損するだけよ。すこし要領《ようりょう》をおぼえなさい」

喜代美《きよみ》は十九歳の垢《あか》ぬけした都会風の姐さんだった。

気性が強い喜代美は、沖女郎《おきじょろう》といわれ、夕方にはおちょろ舟に乗る。ときには座敷《ざしき》女郎として、母屋の一階格子造りの切見世にでる。梨絵にたいしては親身に可愛がってくれる。

「損でも、咎《とが》められるより、益《ま》しだから」

梨絵の目には、ふだんから何かしら怖れてビクビクした光があった。

「恐怖心で、縛《しば》りつけるのが女郎屋の手口よね」

喜代美はやや小声で、そう批判した。他の三人の姐さんたちは、女郎屋の悪口に関わらない態度で食事を摂《と》っていた。

「宿命ですから」

「そうだろうけど、手を抜けない性格《たち》じゃないの、梨絵ちゃんは」

それだけ言うと、喜代美は長テーブルで向かいあった三人の姐さんたちと、昨夜のお客の品評《ひんぴょう》に入っていく。ほとんどが船員の態度にたいする悪態《あくたい》とか、こき下ろしとかである。ごく自然に耳に入ってくるので、梨絵には、男とはいやらしいもの、変態《へんたい》だという先入観が育っていた。

約半数の姐さんが朝食を摂《と》りはじめると、梨絵は土間の片隅で、ミカンの木箱を逆さに伏せて自分の食卓をつくる。

「いただきます」

両手を合わせた梨絵は、おおむね昨晩の残り物をたべる。

「お代り」

座敷食堂から、すぐさま声がかかる。落ち着いて食べる余裕など与えてくれない。

午前ちゅうの梨絵は、母屋の個室を一つずつまわる。質素な鏡台と箪笥《たんす》だけの四畳半で、男を相手にした夜具を窓の手摺《てすり》に干したり、押入れに入れたり、脱ぎっぱなしの寝間着を整理する。さらには部屋に散らかった卑猥《ひわい》な雑誌、ゴミ箱、汚物などを処理する。隅々まで掃《は》き掃除をする。

一通り終えて階段を降りかかると、

「梨絵ちゃん、ワンピースとシミーズの洗濯をたのむわね。取り込むとき、ほかの人のとまちがえないでよ」

「はい。気をつけます」

ほかの部屋からも、類似の声がかかる。頼むほうは一着、二着でも、頼まれる梨絵とすれば、七人分の数である。井戸のそばで洗濯板をつかう。脇には、金盥《かなだらい》で山盛り三つくらいの衣類がある。梨絵の手は、このところ肌の荒れが目立ってきた。

手押しポンプで井戸水をくみ上げる梨絵は背後に、ひとの気配を感じた。ふりむくと、「父さん」とよばされている女郎屋の楼主《ろうしゅ》の立木毅《つよし》だった。大柄な体躯の毅はことし厄年《やくどし》の四十一歳で、ことばづかいも、気性も荒い。そばに感じるだけでも、梨絵は身震いに似た戦慄《せんりつ》を覚えてしまう。

一日に一度は、梨絵に初潮がきたか？　と聞く。彼女は首を横にふった。

「初潮がくれば、りっぱな大人だ。女郎で稼がせてやるからな。その分、前借が減っていく。いまの雑役だと、利息を補うだけで、元金が減らない。梨絵は顔立ちがいい娘《こ》だから、金持ちのええ客がつくはずだ」

と恩着《おんき》せがましい口調でいう。

梨絵はただ聞き入るだけである。逆らったり、口ごたえしたりすれば、すぐに毅の蹴《け》りが入る。

女の顔はたいせつな商売道具だと言い、決して平手打ちをしない。怒り方しだいで、両腿の痣《あざ》の数がちがう。じつに怖い存在だった。

「ちょっと、しっかり立ってみろ」

はい。逆らえず直立すると、梨絵の頭から、胸、腰、腿《もも》などを凝視する。まだまだ女になりきっていないな、と品評する。このさき肉付きが楽しみだ、となおもいかがわしい目を向ける。

梨絵が外庭に洗濯物を干してから、台所にもどってくると、昼食の準備に入る。カレーとか、焼き飯とか、チキンライスとか、一品を作っておけば、食べたい者がひとりで盛って食べる決め事になっていた。

「母さん」とよばれる女将の立木登代子《とよこ》が、やってきた。女将は三十六歳の丸顔で、腹部の肉付きはよい。性格は身勝手で、狡《ずる》く、汚い手口をつかう女だ。

「階段に猫の足跡が残っているわよ。喜代美ったら、こっそり野良猫を餌付《えづ》けしているから、家のなかに勝手に入ってくるのよ。廊下を拭いておいて」

すでに掃除を終えた階段のやり直しである。

「きょうの夕食の献立《こんだて》よ」

とメモが手渡されてから、

「このところ梨絵には、魚屋と八百屋に、使いに行かせているけれど、表通りで木江《きのえ》中学校の先生や生徒に会ったら、一言もしゃべったら、いけないよ。あんたは登校拒否児なんだからね。ひと前では、赤面症《せきめんしょう》で、口が利けない真似《まね》をしておくのよ」

（顔なんて、そうそう赤くならない）

梨絵は心のなかで、反発していた。

やり手婆あ、と陰口をたたかれる登代子は、内面と外面とが極度にちがう。客筋の船員たちには、ことのほか愛想がよく、評判のよい女将で通っていた。その実、狡猾《こうかつ》な女だった。

終戦後、女郎として木江港にきた。立木毅が、まだ息子のころで、彼女は駆《か》け落ちに巻き込んだ。ふたりは、いまは亡き父親に木江港まで連れもどされた。

息子の毅が、駆け落ちは自分の意思だと言い、登代子を守ったらしい。

それから一、二年で、両親がつづけざまに亡くなり、登代子は「玉の輿《こし》」で、立木屋の女将の座を射止《いと》めたのだ。当時は二十八歳だったという。

登代子の意見で母屋を大改装し、立木屋は大当たりの女郎屋になったのだ。だから、彼女の地位は高まり、鼻息が荒い。

昼食の準備が終ると、梨絵は渡り廊下の拭き掃除をはじめた。別棟の仏壇間から、ふいに毅が顔をだした。

「あしたはおやじの月命日で、寺の住職がくる。今日じゅうに仏壇をていねいに掃除しておけ」

梨絵はすなおに返事をした。

「それと、ロウソクと、線香はぜんぶ新品に買い替えておけ。立木屋がケチだと思われるとまずいからな」

お布施《ふせ》の、のし袋も文房具屋で買いそろえておけ、と指図された。

「いいか。仏具はきれいに磨いておくのだぞ。汚れが少しでもあると、立木家は先祖を粗末《そまつ》にしているとおもわれるからな」

「わかりました。しっかり磨いておきます」

「ところで、廊下を掃除している梨絵は、腰のふり方が色っぽいな。男がよだれを流して喜ぶ腰のふり方だ」

卑猥で不愉快なことばを投げつける毅だが、けして女の身体に触れなかった。女は商売道具だと割り切っているようだ。

渡り廊下の拭き掃除を終えると、梨絵は仏壇間に入った。

大きな仏壇で、黒漆《うるし》の扉を開けると、内部が金色に輝く。調度品の鉦《かね》をみがきはじめた梨絵は、ふいに生まれ育った寒村の実家をおもいうかべた。両親は無事だろうか、と案じた。

芸備線《げいびせん》の小さな駅から、路線バスで四五分ほど山奥に入る。そのバス停からも三キロほど歩く。住居は、閉鎖した鉱山会社のボロ家屋だった。

貧乏人の子沢山《だくさん》の家で、梨絵は生まれ育ち、飢《ひも》じさに耐えることだけが身についた。ふだんの着衣は、古着の使いまわしで、色褪《いろあ》せて破れていた。小学校はろくに通えずして卒業証書はもらえた。

卒業式の月には、すでに話が決められていたらしく、瀬戸内の大崎上島の立木毅・登代子の養女に出された。短い駅ホームで見送る母親が、

「梨絵の宿命なんよ。いずれ運が上向くわ。それを信じてつよく生きるんだよ」

と涙ぐんでいた。

梨絵は木江《きのえ》港に連れてこられた。立木家の外庭には、粗末な二階建ての物置小屋がある。その二階に上がった、二畳間の納戸が梨絵の住まいにあてがわれた。布団入れの押入れはある。高窓は西向きで、夏場になれば、きっと蒸し風呂の部屋になるだろう、とおもえた。

立木夫婦は木江中学に入学させてくれた。入学式、クラス割、身体検査、そして授業がはじまった。通わせてくれたのは一週間ていどである。あとは長期登校拒否児にされてしまったのだ。

一年生の担任教師が、立木屋に事情を問いにきた。女将の登代子がとっさに気配を察し、「梨絵は自分の部屋に行っていなさい」とつよい語調で命じた。

「まあ、なんて児《こ》なの。梨絵は毎朝、学校にいく、といって出かけているんですけれどね。学校に行っていませんか。平気で嘘をつく子を養女にしてしまいました。失敗しました」

口の上手な登代子が、担任教師に取りつくろっていた。それを小耳にはさんだと言い、喜代美姐《ねえ》さんが梨絵におしえてくれたのだ。

(くやしい)

梨絵は両唇をかみしめた。でも、決して泣かない。それは芸備の山奥の貧困家庭で生まれ育った、ある種の知恵だった。泣くと心がボロボロになってしまうからだ。

「中学校に行かせてくれる、ときいて木江にきたんです」

梨絵がいちど登代子に抗議すると、

「今度そんな口きいたら、半殺しの目に遭《あ》うよ。お金で買われてきた身よ、あんたはね。そのからだは船員むけの商品なんだ。頭のなかに、叩き込んでおきな」

養女に名を借りた、「前借」つきの巧妙《こうみょう》な人身売買だった。実家の母親のいう、宿命がこれだったのか、と理解できた。

登代子から立木毅に話が伝わり、折檻《せっかん》されてしまった。顔はいっさい傷つけず、全身が痣《あざ》だらけで、歩行も困難に陥《おちい》ったくらい責められた。彼女にとっては、まさに拷問《ごうもん》だった。

「もう言いません。もう言いません」

と許しを請うた。

二畳間の納戸部屋で、熱をだして横たわる梨絵を介護してくれたのが、喜代美姐さんだった。

「折檻など受けると損よ。そのうち、神峰山《かみのみねやま》のお地蔵さんになるよ」

「神峰山のお地蔵さんって?」

「あら、知らなかったの。うちらのような女郎が長生きできず、早死にして、遺骨の引き取り手がなければ、修業庵の無縁仏になるのよ」

「無縁仏」

梨絵は悲しくなった。

「でもね。尼僧さんが、托鉢《たくはつ》とか、島の有力者とかにいろいろおねがいして、神峰山の登山道わきにお地蔵さんをつくってくれるの。女郎屋はおおむね、ケチだからね、お金は一円も出さないみたい」

哀れなお地蔵さまが、神峰山に数百体あるらしい、と喜代美がつけ加えた。そのうえで、さらにこう言った。

「宿命だから、抵抗はせず、口ごたえせず、流れに従って生きたほうが良いのよ」

それは実家の母親が、故郷の駅でいった惜別《せきべつ》のことばとおなじだった。

「そうする。喜代美姐さんは、やさしいのね」

「私ね、この一貫目にある、商船高校の学生に惚《ほ》れているの。名まえは青木雄太《ゆうた》さん。片想いでも、恋しなければね。人生が暗く終わってしまうからね」

「どんな男性《おとこ》なの？」

梨絵の目が好奇心で光った。恋愛の話題に興味をもつ年頃でもあった。

「海の男らしさ、たっぷり。制服姿はもうすてきよ。青木雄太さんは十七歳。私より、二つも年下。この木江出身だから、週末には実家に帰ってくるの。いちど声をかけてみたい。でも、女郎だからね。ああ、女郎の宿命ね」

喜代美の声は、まさに胸が張り裂けるようなひびきだった。

「心から好きなのね、商船高校の学生さんを」

「そうよ。わたしの片想いのひとをうばったら、梨絵ちゃんでも殺すわよ」

喜代美があえて真顔になり、包丁にみせかけた指先で、梨絵の胸を刺すまねをした。

「そんなことはしないわよ。わたし十三よ。雄太さんの親はなにするひとなの？」

「父親は、この島の中野中学校の先生。母親は広大病院の助教授なの。だから、母親は『広

（現・呉市）と木江の二重生活みたい」

「すごいね。頭が良い家庭なのね」

「両親とも頭が良くなければ、優秀な子どもは生まれないわよ。商船学校は中学で一、二番の成績じゃないと、受験させてくれないのよ。戦前の江田島の海軍兵学校なみに。超高値の花。あんな立派な男性の奥さんになれたら、もう上げ膳・据え膳で、わたし尽くしまくるわよ」

「喜代美姐さん、そろそろ夕方の仕度じゃないの」

姐さんは、午後三時から銭湯に、そして美容院にと、おちょろ舟に乗る身支度に入る。

木江中学校の一年生担任教師による、立木屋訪問は二度で終わり、同級生たちの毎朝の迎えもまったく無くなってしまった。

華やかに栄えた木江港にくれば、寒村の貧困の家庭から抜けだせると、梨絵はいっとき期待したものだ。それはまちがいだった。

ここ一か月半をふり返る梨絵は、黒漆の仏壇に座る位牌《いはい》、鉦《かね》、ロウソク立て、細かな仏具などを次つぎていねいに磨く。とても辛い。でも、仏具が光ると、こころまでも磨かれたように、妙に気持ちが安らぐ自分を知った。

それは過去に経験がないふしぎな気持ちだった。

仏壇磨きの翌日だった。

姐さんからもらったワンピースを着た梨絵は、買い物かごを二つ手にし、裏木戸から夕飯の材料の買いだしに出かけた。いつもの魚屋、八百屋、雑貨屋など、女将に指示されたとおり買いまわりをしていく。いずれも月末のツケ払いだった。

海岸通りの両側には、女郎屋と民家と商店が混在してならぶ。それらが途切れると、干潮《かんちょう》の波止場になった。海藻《あおさ》の匂いがただよう。

梨絵は息抜きで、一服したくなった。波止場の先端で、しゃがみこむと、彼女は両手で頬杖《ほおづえ》をついた。山奥育ちで、いちどは見たかった海だった。木江に来れば、毎日眺められるはずなのに、港内の情景をじっくり見たためしがない。

潮風が梨絵の髪をなびかせる。

造船所の鉄槌《ハンマー》とビレットの金属音が、神峰山や裏山に反射してひびく。それら山なみが港内の海面にくっきり映る。入港した船舶が多い。梨絵には船の種類はわからなかったが、木造船と鋼船とが入り交ざっていた。それぞれ艫《とも》（船尾）の綱《つな》を取り合って横ならびに停泊している。

一貫目《いっかんめ》桟橋を出航した定期客船が、汽笛《きてき》を鳴らし、すぐ目の前の天満《てんま》桟橋にもう接岸の態勢に入っている。

「この定期船に乗れば、竹原《たけはら》か今治《いまばり》に逃げられる。お金はないけれど」

立木屋にいても、鳴りひびく汽笛がとどくので、木江港からの連絡船は朝から一時間に一本くらいで、終便《しゅうびん》は七時半だ、と梨絵は認識していた。

彼女にはいまや逃走の気持ちが芽生えていた。

「こんなところで、なにしているの」

背後の声は喜代美だった。

「初潮って、怖いの」

いま思慮《しりょ》した逃走の話題は、この場の直感で避けた。

「女が赤ちゃんを産める肉体《からだ》になるのよ。大人になった証《あか》しよ。お祝いだけれど、梨絵ちゃんは、客を取らされるから、初潮は怖いだろうね」

「どうしたら、初潮が来ないですむの？」

逃走の気持ちを隠すために、梨絵はなおも逸《そ》らした話題に誘導していた。

「ムリね。いま十三歳だよね。夢と希望に満ちあふれる年頃なのに、そんなことを考えるなんて、気の毒だね。はやく立木屋に帰りなさい。油を売っていると、怒られるよ」

そう言い残してから、喜代美が美容院の方角にむかった。

裏木戸に入ると、登代子の目に止まった。遅い、と叱られた。

「姐さんの買い物を頼まれたの」

梨絵はあえて嘘でとりつくろった。先刻《さっき》の逃走心が、勘の良い登代子に見破られないように、心の扉をしっかり閉めた。

「夕方は、梨絵に使い走りはさせないように注意しているのにね。あんたも、しっかり断るのよ」

「はい。断ります」

「まだ初潮は来ていないの」

女将がふいに梨絵のワンピースの裾をまくった。

その不快さに、梨絵は耐えた。

「太ももはいくらか肉が付いたね。尻も好い感じでふくらんできた……」

登代子が卑猥なことばで、尻から腿《もも》までひと撫《な》でする。同性でも、嫌だった。

六月初旬は梅雨入りといわれながらも、連日、真夏の太陽が射していた。梨絵はいつも通り買物にでた。日曜日ともなると、干潮の海辺で、男子中学生らがカニなどを採っている。そこには同級生の姿もあった。

港の沖合には、真っ白い入道雲が、仁王に似て屹立《きつりつ》している。遠雷《えんらい》が鳴っている。梨絵は姐さんたちの使い走りで、郵便局にも立ち寄った。上空には暗雲が広がり、もはや稲光《いなびかり》が光る。きっと夕立がくるわ、と梨絵は急ぎ足になった。土の路面が黒くアバタになった。大粒の雨が顔にかかりはじめた。三、四本先の電信柱がぴかっと光った。同時に、激しい落雷音で、梨絵は震えあがった。一気にどしゃ降りになった。

民家の軒下に、梨絵は駆けこんだ。ピシャーという落雷が間近に迫ってきた。稲妻が光るたびに、彼女は戦慄《せんりつ》をおぼえた。庇《ひさし》を跳《は》ねる大雨が滝のように流れ落ちている。

梨絵の背後の窓が突如として開いた。

「軒下でも、びしょ濡れになるよ。玄関のカギは開いているから、家《うち》に入って雨宿りすると良《い》い」

喜代美姐さんが恋い焦がれる商船高校の学生さんだと、梨絵はすぐにわかった。十七歳の男性で、目がきりっとした顔立ちで、日焼け顔だ。青い開襟シャツを着ている。体躯《からだ》はがっちりして頭髪は短い。

「遠慮いらないよ。いつまでも、そこに突っ立っていると、ほんとうに濡れるよ」

「はい。家のなかで、雨宿りさせてもらいます」

青木の表札がかかる。木製の玄関戸を開けると、こぎれいな玄関だった。奥への廊下の板目が光る。下駄箱のうえの壁には、大型帆船の油絵があった。

「洋服がかなり濡れたね。このタオルをつかって」

青年が二枚の白いタオルをもって玄関にきた。梨絵は、お礼を言い、それで黒髪、顔、肩をぬぐった。この間にも、雷は暴れまわっていた。

「よかったら、座敷に上がって。外国航路の一等航海士《こうかいし》が、アメリカ土産にくれたブラジルコーヒーがあるから、淹《い》れてあげるから。応接間にどうぞ」

かれは活発な切れのよい声で、優しさがただよう。

「でも、洋服は濡れているし。家のなかを汚します」

梨絵は、むしろみすぼらしい着衣と履物《はきもの》を気にしていた。

「遠慮することはない。玄関の横が応接間だよ。父はきょう特別参観だと言って中野中学校に出勤したし、母は外出中だから、僕がコーヒーを淹れてあげる」

中学校の登校拒否児が、先生宅の座敷にあがるなんて、抵抗があった。

「夕立がやむと、すぐ帰らないといけないんだろう。時間がもったいない。これを履いて」

青年がスリッパを差しだす。そして、執拗《しつよう》にすすめた。

梨絵は折れて、魚臭のする買物袋を三和土《たたき》の片隅においた。彼女はタオルで片足ずつ拭き、豪華な洋風スリッパを履《は》いた。心地よい弾力は、はじめての経験だった。

応接間は絨毯《じゅうたん》敷きで、豪華な家具、調度品《ちょうどひん》、大きな地球儀、全集本がならぶ本棚があった。梨絵にはおよそ無関係な別世界をつくっていた。

かれは青木雄太だと自己紹介してから、コーヒー・サイフォンを用意する。

「立木梨絵《たちきりえ》です、すごいお部屋ですね」

彼女はレースのソファーにタオルを敷いて腰を下ろした。

「どこの出身なの？」

「芸備線の山奥です」

稲光に脅えながらも、梨絵は簡略にあらましを語った。

「いい香りだろう」

さしだされたコーヒーカップから湯気がゆらめく。ふたりが向かい合わせになると、梨絵の視線が下り勾配《こうばい》になった。

「中学生だろう。好きな科目はなんなの？」

答えにくい質問で、彼女は一瞬の戸惑いをおぼえた。この場で、嘘やごまかしなどで逃げたくなかった。そう感じさせる雰囲気が雄太にあった。

「登校拒否児です。勉強はしていません」

「なぜ、学校が嫌いなの？」

「学校に行かせてくれないんです。毎日、立木家の雑役《ざつえき》です、前借《ぜんしゃく》で売られてきた身ですから」

梨絵はすなおに打ち明けた。この場に、女将《おかみ》の登代子がいたならば、血相を変えて怒るだろう、と彼女はおもった。

「義務教育なのに、通学させないで、幼い子を雑役でつかうなんて。義憤《ぎふん》を感じる」

青年は正義心のつよい語調だった。

「宿命です」

「そんなことを言ったら、ダメだよ。流されるままの生き方になるよ。じゃあ、中一からの英語は習っていないんだね」

「はい。英語はぜんぜんわかりません」

「習ってみたいとおもわない？」

雄太の目には、つよく誘い込む光があった。

「英語がしゃべれる人は、すごいとおもいます」

「将来、ボクは外国航路の航海士になるつもりだ。英語は必須だし。それに英語は得意だから。梨絵さんに英語のレッスンをしてあげようか」

「えっ」

彼女はおどろきの目で、応《こた》えることばを失っていた。

「広島商船高校は全寮制だけれど、日曜は帰宅が許されるから、二時間ていど教えてあげられる。やるからには根をあげたら、ダメだよ」

「無理です。許してくれません」

「立木屋が許さない、というのなら、ボクは戦う。義務教育も受けさせないなんて、怒りを感じる」

「もう、雨が上がってきましたから」

梨絵がソファーから腰をあげた。

「ボクが淹れたコーヒーを飲んでいくのが、礼儀だよ」

すみません。坐りなおした梨絵は、両手でカップをていねいに持ち上げてから、唇に運んだ。

「美味しいです、とても。……、戦われても、立木屋のお父さんやお母さんは、ゼッタイに許してくれません」

実現不可能だと、彼女は信じて疑わなかった。

「不条理《ふじょうり》な戦いに、ボクは燃える性格なんだ。任《まか》せときな。レッスンは二階のボクの勉強部屋をつかおう。いま、帰りがけに見ていくかい」

「すぐ帰らない、怒られます」

梨絵は首を横に振った。

数日後、母屋の客待ち部屋で、ここに坐りなさい、と梨絵は立木夫婦から、怖い目で呼びだされた。楼主と女将が毒蛇《どくじゃ》の目のように、正座する梨絵をじろっとにらんだ。

「厄介《やっかい》なことをしてくれたね。あんたも隅《すみ》におけないね。商船高校の学生さんに色目をつかったんだろう。初潮がくるまえに、学生さんに、からだを汚されてもらったら、困るんだよ」

針の蓆《むしろ》に坐らせられた。そのことばどおり、登代子の一声で、梨絵の背筋が震えた。

「いつ約束ができたんだ」

毅が訊いた。

「なにも、約束していません」

と言うと、怒ったのは登代子のほうだった。

「嘘つくんじゃないよ。中学校の青木先生がこの立木屋に訪ねてきたんだよ。商船高校の息子が、梨絵に英語を教える、毎週日曜、二時間、青木家に寄こしてほしい、と言ってきたのよ」

強い語調の登代子の、冷たい視線が梨絵の顔に突き刺さった。

（雄太さんは、本気だった……）

梨絵は信じがたい、おどろきだった。

「義務教育の中学校に通うのが筋なんだからね。いいんだよ、二時間の勉強くらいは。梨絵は学校に行きたがらないと言ったら、青木先生はややこしい法律をもちだしてね。弁護士をつかって、梨絵から事情聴取するというんだよ。それで、告訴《こくそ》されて裁判ざたになれば、立木屋は木江で商売できなくなる。青木先生に、なにを吹き込んだの？」

猜疑心《さいぎしん》に満ちた登代子の目からすると、梨絵が青木家を駆け込み寺にしている、と深読みをしているようだ。

「あんたも、なにか言いなさいよ」

登代子が毅の太ももを叩《たた》いた。

「青木先生は、週に二時間も勉強させないなら、児童福祉法違反、教育基本法などで、自費で弁護士をつかって立木屋を告訴するぞ、と真顔で言った。これは梨絵の入れ知恵じゃない。裁判などすれば、負けるに決まっておる」

梨絵はうなだれていた。

毅はさらにこう言った。

「女代議士が国会に売春防止法をだす、という話が出はじめたし。木江の記事も、ちらほら新聞に出ておる。青木先生が立木屋を訴えたら、全国の新聞に派手に載《の》る。そうしたら、地元警察は、諸《もろ》もろの違法行為をもちだして、立木屋を家宅捜査する。そうなると、わしらはこれだ」

毅は手錠をかけられる真似事をする。めずらしく弱気だった。

「初潮がきたからと言って、梨絵にお客を取らせて、もし青木先生に知られたら、厄介なことになるね」

「あたりまえだ。町の衆は中学校の先生に肩をもつ。こっちは日陰商売の弱さだ」

「梨絵にしっかり口止めさせる?」

「バカ。本人だけ、口止めしてどうなる。客を取らせたら、ほかの女郎の口から、町じゅうの噂《うわさ》になる。ここに及んでは、義務教育ちゅうは下働きしか手はないな。中学を卒業した年の四月から、梨絵はおちょろ舟に乗させよう。この梨絵だけは特別だ。そのまえに売春防止法が国会に出されると、大損だな」

亭主と女将とがあけすけに、数百万円の損だという。

彼女はやりきれない想いだった。

「梨絵から、英語なんて、大嫌いって、断わらせたら、どうだろうね」

「おまえは未練がましい性格だな。小細工するほど、糸がからまり、大問題になりかねない。きっと、そうなるだろう。青木先生の口から、弁護士、裁判、ということばが出ただけで、もう負けだとおもった。梨絵が本気で英語が嫌になっても、大雨でも、大風でも、欠かさずに青木家に通わせなさい、と強気でいうだろう、あの先生の態度では。負けだよ。叩けば、埃《ほこり》がいっぱい出る立木屋だからな」

「問題は、梨絵が教えてもらう場所だよね。商船高校の学生さんが立木屋に出入りできないし。うちら夫婦が青木邸に付き添って、見張りはできない」

「あたりまえだ」

「梨絵、言っておくけどね、将来がキラキラ輝いている商船高校の学生さんを、色仕掛《いろじか》けで堕《だ》落《らく》させたら、罰が当たるよ。街の自慢のひとだからね」

(女将《おかみ》がいう堕落って、なんだろう?)

「わかっているわよね」

と念を押されて、梨絵は無言でうなずいた。

日曜日が近づくほどに、梨絵は英語のレッスンを受ける不安と、貧しい身なりとを意識し、こころが面倒なほど落ち着かなかった。おもいもかけず、登代子が新品の洋服や履物を揃《そろ》えてくれた。これは立木屋の見栄《みえ》だとおもえた。

毅はひとことも初潮を話題にしなくなった。


レッスン前日の土曜日だった。井戸に二個の西瓜《すいか》をつるして冷やすさなか、梨絵は太ももが急にべとべと濡れた感じになった。初潮がきたと、直感でわかった。指先でそこをぬぐうと、うっすら血が付着していた。

どのように処理しようか、どう隠そうか、と梨絵は戸惑った。もじもじしていたせいなのか、女将が井戸のそばに来て、

「西瓜のつるし方はわかっていないのね」

と麻縄《あさなわ》で、球形の西瓜を器用にしばってから、井戸のなかに入れた。

「上手ですね。もし、西瓜が井戸に落ちたら、どうしようか、と心配していました」

「こう言うのはコツよね。今日はどうなの？」

女将が面倒臭そうに、真後ろからスカートの裾をたくし上げた。

「あら、パンツが汚れているね。やっと、大人になったじゃない」

姐さんたちに、その処し方を教わりな、と登代子が投げやりな口調で、立ち去っていく。もう梨絵の初潮など、まったく関心がない態度だった。

日曜日の午後一時半、梨絵は緊張した顔で、青木家の玄関戸をあけた。

「待っていたよ。英語のレッスンは、二階のぼくの部屋でやろう」

雄太があかるくほほ笑んでくれた。

「よろしく、お願いいたします」

導かれて階段を上ると、六畳の洋間が、雄太の部屋だった。壁には船舶関係の絵、カレンダー、お洒落《しゃれ》な時計などがある。南窓から木江港が一望できた。

ここに坐りな、と雄太が木製の勉強机にむかわせてくれた。椅子にはかれの体温が残っている。片や、初潮の自分を意識していた。

「英語は発音が大切なんだ。ボクにつづいて発音して」

アルファベットからはじまった。

「Rは、巻き舌をつかって発音して」

雄太が口のなかをのぞき込む。歯ならびは良くない。恥ずかしい。嫌だな、と梨絵はそちらに気が取られてしまった。

『中学生の英語・初級』

梨絵は教科書をたどたどしく読む。二度、三度おなじところを読ませられる。おぼえが悪いと、嫌われるのではないかしら、と不安になった。

「英語は、文法よりも、ヒアリングのほうが大切だ。それには、英語の歌からはじめよう。歌をおぼえると、発音も、ヒアリングも向上するから。これからレコードをかけるから、ボクといっしょに歌おう」

それは「ヘンリーおじさんの『やさしい』英語の歌」というレコードだった。雄太がリズミカルに、全身をつかって歌う。梨絵の緊張がほぐれてきた。二度、三度と、ふたりしてくり返すうちに、声が大きく出せるようになった。

雄太とデュエットで歌える。その嬉しさがこころの底からこみ上げてきた。

母親がコーヒーとケーキを運んでくれた。楽しそうね、兄妹《きょうだい》みたい、と言い、それを脇机《わきづくえ》においている。途中で、コーヒー・タイム。また、歌う。より滑《なめ》らかに歌えた。二時間はまたたく間だった。

「梨絵さんは好い声をしているね。歌手になるといいよ」

「そんなに巧《うま》くありません」

「けんそんだな。英語でうたえる歌手になると良《い》い」

(小学生の時、あまり学校に行けなかった。国語の漢字も弱い。日本語は劣るけれど、英語はがんばろう)

梨絵は、そんな決意で立木屋に帰ってきた。裏木戸を入ると、喜代美《きよみ》が待ち構えていた。

「どうだった?」

喜代美は、ふだんにない険《けわ》しい目つきだった。

「むずかしくて、英語は」

「楽しい想いをしてきて、嫌《いや》みに聞こえるわよ。雄太さんと二人きりの部屋にいたんでしょ。いまは、小娘に出し抜かれた、という気持ね、私は」

喜代美は敵意まる出しだった。昨日の初潮の処し方をていねいに教えてくれた態度とは、まるきり違っていた。

翌週、翌々週と、日曜ごとのレッスンが楽しい。雄太はそんな雰囲気をかもしだしてくれていた。

「もっと、大きい声で発音して」

それに応じる梨絵は、過去から引きずってきた孤独感、それすらも取り除いてくれる心境になれた。

「教科書は内容がまったく面白くないから、日常英会話に切り替えよう。そのほうが、コミュニケーションが取れるし」

雄太から真新しい本が渡された。短い会話文からはじまった。指導の変更が梨絵の高揚《こうよう》につながり、楽しみを倍加《ばいか》させてくれた。

"what's new?"

「なにか新しいことがありましたか、という質問ですよね」

「ジャパニーズ、ダメ」

「だめって、英語じゃない」

ふたりして愉快に笑えあえた。

「最近どう、なにか変わりない？　"what's new? "は親しい間柄《あいだがら》の挨拶だよ。梨絵さんもつかうと良いよ。そしたら、ボクが一週間の近況を英語で語るから」

おたがいの日常の生活、好きな食べ物、趣向品、諸々が話題になり、それが積み重なっていく。一段と、こころが通いはじめた。

立木屋に帰ると、毎回、顔を合わす姐さんたちは、どうだった？　と質問してくる。商船高校の学生と恋仲になる。それを見とおす、というか、決めつけたような口ぶりだった。大半の姐さんが、嫉妬《しっと》で刺《さ》しこむ目つきだった。

女郎屋の全体の雰囲気が、これまでと違ってきた。梨絵は、嫉《ねた》みとやっかみで、姐さんたちから薬局で避妊具など、銘柄《めいがら》指定で、意地悪な買物すらたのまれるありさまだった。しかし、二時間のレッスンの愉しさと比べると、姐さんたちの嫌がらせには耐えられた。

「単語帳をあげるよ。やさしい単語から憶えると良い」

雄太から、勉強道具がもらえる。これまでにペンも、ノートももらっている。姐さんたちの厳しい目に負けないわ、と梨絵は自分を鼓舞《こぶ》していた。

台所の竈《かまど》のまえで、英語の歌をこっそり歌った。寝床に入っても、単語帳を胸にだいて寝た。

"Where is Shousen high school?"

と聞くと、かれが英語で、商船高校の所在地はこの大崎上島の矢弓《やゆみ》だと教えてくれた。

梨絵は木江港から出ることは皆無だが、島の地形から、場所はおよその見当がついた。いちどは商船高校に行ってみたい気持ちになった。

梨絵はこのところ寝床に入っても、雄太への想いが強まった自分を意識した。

一方で、立木屋のお姐さんたちの間で、「梨絵と雄太が勉強でなく、昼間から寝床を敷いて絡《から》み合っている、目撃者がいるみたい、まちがいないらしい」という男女の卑猥《ひわい》な噂にまで拡大していた。

「梨絵だけが、なんで特別に贔屓《ひいき》をされるの。なんでなのよ。もう三か月前に、初潮がきたんだから、働かせばいいじゃない」

喜代美が朝食のとき、茶碗を土間にたたきつけて割った。彼女の苛立《いらだ》ちは高まるばかりだった。

（耐えるしかない）

梨絵は茶碗の欠《か》けらを拾いあつめた。

「頭が悪い小娘だけれど、雄太さんは嫌《いや》いや教えているのよ。聞かなくても、わかるわよ」

嫌味をいくつも並べたあと、喜代美は食堂から出ていきながら、ガラス戸が割れるかとおもうほど、荒々しく閉めた。

梨絵は、週に一度は、精神の安らぎをおぼえる日があるのだから、ここは辛抱だと自分に言い聞かせた。英語のレッスンはたのしい。ふたりしてコーヒーを飲める。ときにはダージリン紅茶とケーキもご馳走になれるのだから。

（雄太先生が大好きになりそう）

彼女は初恋って、こんなにも燃えるこころかとおもった。

十月のある日、腹痛で、下痢が止まらず、二日後の日曜までに治らなかったら、どうしよう、と梨絵は不安に陥《おちい》った。

「どんなに貧しくても、頭を下げて、もらい物はしない」

と決めているが、この時ばかりは、最年長の姐さんに、正露丸ちょうだい、と梨絵はねだった。

生理痛じゃないの、でも良いわよ、と瓶《びん》ごとくれた。

一日で快復《かいふく》した土曜日、女将から、

「青木さんから電話が入って、明日の英語は休みだって」

「何でですか」

「そんな理由など知るわけないじゃない」

と冷たく突き放された。

雄太先生に何かあったのかしら。事故か、事件に巻き込まれたのかしら。それとも、英語指導は止めたくなったのかもしれない。

(次の日曜日も、断りの電話が立木屋に入ってきたら? 悲しい)

あれこれ想像するほどに、梨絵のこころは苦しく、不安定になった。

梨絵にはとても長い一週間であった。青木家から断りの電話が入らなかった。安堵《あんど》した彼女は、青木家の玄関戸を開けて、雄太の顔をみた瞬間、抱きつきたいような心境になった。さすがに、それは懸命に抑《おさ》えた。

「そんな怒った顔するなよ。先週の日曜日は、急に後輩たちのカッターボートを特訓する役が振られたんだ。怒るなよ」

「スピーク、イングルッシュ、プリーズ」

「参ったな。感情込めた、詫《わ》びることばは、英語でうまく話せないな。梨絵さんに嫌われたくないしな」

「プリーズ」

"I'm sorry"

"do not worry"

ふたりの気持ちが、それだけでほぐれて笑いあえた。

この日のレッスンも後半が英語の歌になった。たのしいロックンロールの歌になった。大学医学部の助教授だという母親が顔をだして、真面目にレッスンしてあげなさい、と怒っていた。雄太が頭をかいた。母親が階下に消えると、レコードなしで、ふたりは黒人霊歌《れいか》を歌った。

「アフリカから強制で売られてきた黒人奴隷《どれい》たちは、白人との身分差別を宿命だとかんがえなかった。リンカーン大統領はおおきな南北戦争で、奴隷制度をなくさせた。奴隷解放で、自由を勝ち与えた」

雄太が、英語と日本語で米国の歴史を語ってくれた。英会話を通して、梨絵には自由が尊《とうと》いものだと認識できた。

(わたしにも自由と、解放がほしい)

梨絵のこころには、女郎屋の拘束《こうそく》から解放されたい、自由が欲しい、という想いが芽生えはじめた。

「ぼくは十月半ばより、遠洋練習航海の実習にいくからね。約四か月間だ」

「そんなの嫌です」

思わず、梨絵の口から飛び出したことばだった。

「嫌だといわれても、商船高校の授業なんだ。大型帆船《はんせん》の日本丸で、ハワイなど、太平洋の沿岸都市をまわってくる」

梨絵は、四か月間の空白を考えると、気が遠くなるほど、長い休止におもえた。航海士科《こうかいしか》の訓練実習ならば、泣いても、騒いでも、どうにもならないもの。彼女は切なく、さみしい心境に陥った。

実家の母親が語った、宿命、ということばが脳裏《のうり》をよぎった。

「ボクは本場の英語スピーチを会得してくるから、それを梨絵さんに教えてあげる。出帆《しゅっぱん》はまだ半月も先だから、レッスンは二回できるよ」

それは慰《なぐさ》みのことばにしかならなかった。

あと二回目の想いで、英語のレッスンに臨んだ、

"For me, you are a good student."（私にはよき生徒です）

友だちでなく、生徒なのかと、梨絵はちょっと失望をおぼえた。

"My friend only you."（私の友だちは、あなただけです）

これが日本語だったら、決してことばにできないだろう、と梨絵はおもった。

二時間が終った瞬間、四か月間も雄太に会えない、長い空白には耐えられない絶望すら感じた。

彼女は声をあげて泣きたい衝動《しょうどう》に駆《か》りたてられた。それでも、がまんができた。

（レッスンはあと一度しかない。四か月待てば、また週に一度の英語レッスンが再開できる。悲しむことはない）

朝の竈《かまど》に薪火を熾《おこ》した梨絵は、朝食の準備中にも、自分のこころをのぞいていた。三日後が最後のレッスンである。その日、自体が怖い気がする。十三歳の心のなかで、失望の雨が降ったり、四か月待てば良いのだから、という希望の晴れ間がでたり、それがくり返されていた。

澄みきった秋晴れの夕方、梨絵は女将のメモと買い物籠をもって一貫目の商店街に出かけた。魚屋で、姐さんと家族の数だけの秋刀魚《さんま》を買いもとめた。包んでもらう段から、七輪《しちりん》で焼く焼魚の匂いが感じられた。八百屋で、大根を買っていると、青木家の母親と目が合った。

「ちょっとの間、時間が取れないかしら。梨絵さんに話したいことがあるの」

大学医学部の助教授だが、雄太の母親の目になっていた。

「いまですか？」

梨絵は断れない態度で、そう聞いた。片や、一〇分ていどならば、立木屋の女将から遅いと叱られないとおもった。

「そうね、早いほうが良いから。立ち話でもいいの」

青木家の母親が、往来の八百屋と船具店にはさまれた、水路沿いの脇道《わきみち》に入っていく。ツケ払いの処理をした梨絵は大根を買い物籠《かご》に入れ、猫がいる湿っぽい路地に入った。猫を避けて、母親と向かいあった。

「最近、街で、良からぬ噂《うわさ》が出ているの。梨絵さんは聴いている?」

「さあ? わたし登校拒否児ですから、買い物以外は、街のひととおしゃべりしてはダメよ、と禁止されていますから」

「困った噂の出所は、立木屋さんみたい。私の耳に入る話は、本当かな? と考えてしまうようなものよ」

(姐さんたちが聞かせる、興味ほんいな卑猥なつくり話だわ、きっと)

梨絵は身構えた。

「私はふだん医大勤務で島を離れて、留守にしているでしょう。だから、自家《いえ》に誰もいない日が多くて、雄太があなたと男と女の関係になっている、というの。そんなことはないと信じているわ」

「ゼッタイ、そんなことはしていません」

梨絵はつよく否定した。

「信じているわよ。でも、町の噂は怖いの。雄太は将来、外国航路の船長にさせたいの。あなたも、そう期待しているでしょう」

「はい」

「将来は横浜とか、神戸とかで、良い家庭を築《きず》いてほしいの」

母親の視線が、梨絵の顔に射しこむ。両手で耳を塞《ふさ》ぎたい心境で、梨絵は黙って聞いていた。

「雄太はあと五年、六年すれば、お嫁さんをもらうわ。お嬢様育ちのひとなら、身元調べがくるでしょう。島人は噂好きで、古い話を平気でもちだす。雄太が商船高校時代に、おちょろ舟に乗る梨絵さんと恋仲だったとか、深い関係とか、女郎遊びの男だったとか、有ること無いこと言われると困るの。わかってくれる?」

梨絵はこころのなかまで、震えがきた。……雄太は七、八年後、神戸の洋館建ての家で、新婚の奥さんと家庭を持つ。そのころ自分はおちょろ舟に乗っている。この落差は惨《みじ》めだった。

(これは運命、女郎屋に養女に入った宿命なんだから)

そのことばが梨絵の脳裏を駆けめぐった。雄太の母親を悪く言えない。女郎屋の姐さん方のうわさ話が発端《ほったん》なんだから。

「梨絵さんに、英語のレッスンを止めなさい、というのじゃないのよ。せっかくだから、長く続けてほしいの」

梨絵の緊張がすこしやわらいだ。

「そこでね、雄太の代わりに、特別に良い英語の先生を紹介してあげるわ。外国船の元船長の山本さん。四十八歳のとき事故で片足を失くしてから、海事《かいじ》関係のしごとをしているひとよ。去年、神戸の家を引き払って大崎上島に移住してきて、一貫目の回送店の斜め前の家を借りて住んでいるの。いま五十二歳かしら。その方から英語のレッスンを受けてちょうだい」

「わたし、だれから英語を習っても良いんです。小学校は満足に出ていないし、国語ができないから、英語を話したいんです」

いまこの場で、立木屋から週に一度は外出できる日を失くしたくなかった。梨絵は自由な些少《さしょう》の時間の確保にしがみ付いていたかった。

「その気持ちはよく解っているつもりよ。元船長の山本さんはね、私が大学病院で診察してあげたことがあるし、とても人柄の良いひとよ。雄太よりも、英語は実践的で堪能《たんのう》なの。悪い話じゃないでしょう」

「町で、雄太先生に会ったら、挨拶はしても良いですか」

それは精いっぱいの質問だった。

「もちろんよ。私はね、雄太とあなたの師弟関係を切り裂《さ》く気などないのよ。街なかの通行人の目がある所で、ふたりが立ち話をしていても、師弟だし、まま、ひどい噂にはならないでしょう。それにね、雄太に町で梨絵さんと口を利いたらダメなんて、私がいった日には、親子関係が壊《こわ》れてしまうでしょう」

母親は噛《か》んで聞かせる口調だった。

彼女は内心、ほっとさせられた。

「ただ、一つ条件として、雄太が四か月間の遠洋実習から帰ってきても、青木家に来ないでほしいの。それは約束してほしいの。雄太の将来を考えてあげて」

「そうします。もう行きません」

「あと一回のレッスンがあるでしょう、雄太が遠洋航海に出る前に。これには来てね。ただ、いまのわたしの話は雄太には内緒にしておいて。雄太があれこれ言いだすと厄介だから」

母親は雄太の性格にずいぶん気づかう態度だった。

「黙っておきます。約束します」

「理解してくれて、ありがとうね。立木屋には、あなたの英語のレッスンは雄太から山本元船長に代えると、私の主人から話してもらってあげる。そこらは心配しないでいいからね。買い物の途中で、呼び止めて、悪かったたね」

「残りの買い物がありますから」

母親と別れると、梨絵は路地から小走りに表通りにでた。

（もう嫌）

大声で、そう叫びたかった。

立木屋にもどった梨絵は、七輪で秋刀魚を焼きながら、その煙が目にしみるふりをしながら、雄太との別れに涙していた。


最後のレッスン日になった。小柄な姐さんからおすそわけされた洋服を着た。全体がゆるいので、これも貰った革製の腰ベルトでしめてみた。彼女なりのいっちょうらの靴を履いた。立木屋の裏木戸から、遊郭街に出ると、

「あら、これからデート・レッスンなの。ハロー・アイ・ラブユー」

二軒隣りの女郎屋の姐さんが、卑猥なことばを投げてきた。彼女は聞こえないふりをした。

青木家の玄関の呼び鈴を押す。

玄関戸を開けた雄太が、ほほ笑み、いつものスリッパをさしむけてくれた。階段を上り、二階

の勉強部屋に入った。窓越しに木江港を一瞥《いちべつ》した。ここからの景色ともお別れなんだ、と胸が切り裂かれるような、いたたまれない心境に陥った。

一方で、雄太には悟《さと》られないように顔の表情に注意を払った。それでも、黒髪が落ちてきて、うなだれる顔を隠していた。

"What's up? It is a gloomy face."（どうしたの。暗い顔だな）

雄太が真横に立って、横顔をのぞき込んだ。

梨絵は満足な英文が浮かばなかった。

"Four months pass immediately."（四か月なんてすぐに経つよ）

雄太の勉強机に向かうと、梨絵はいつもの日常英会話の本を開いた。サンフランシスコの観光ガイドと、旅人との英会話だった。

"Yes, I think so."（そうですね）

雄太はかつて中学卒業記念で、両親が米国に連れて行ってくれたという。ゴールデン・ゲート、水族館、坂道のケーブルカー、本の写真を示しながら、雄太がそれらを英語で説明する。

梨絵にすれば、生涯に見ることもない場所で、質問するほどに虚《むな》しい心境に陥った。雄太が外貨制限を語る。彼女にはドルと円などの仕組みがわからず、頭のなかが混迷《こんめい》した。

ちらっとみた置時計は残り二〇分だった。

ふたりはいつも通りに英語を歌った。

"Do you want, what kind of the OMIYAGE?"（どんなお土産がほしい）

"I do not want it."（別に、ありません）

"I'll choose."（ボクが選ぶよ）

"I thank you from my heart."（私は心からあなたに感謝します）

机の前から、梨絵が立ち上がり、おおきく一礼した。

「他人行儀だな、梨絵さんは」

雄太はレッスン外という態度で、日本語になった。

階段を降りた玄関内で、雄太の母親が、山本元船長の了解が得られましたよ、という視線を流してきた。なにか抵抗したかった。しかし、母親との約束は破れず、梨絵は静かにうなずいた。

「梨絵さん、どんな劣悪な環境でも、挫《くじ》けたらダメだよ。四か月先の再会が楽しみだ。ボクはがんばって遠洋航海に出かけるからね」

歯切れのよい日本語で、雄太が励《はげ》ましのことばをむけてくれた。梨絵は、胸が引き裂かれる想いだった。

「雄太先生、怪我《けが》をしないように」

「もっと明るい笑顔で、送ってほしいな」

「さよなら」

彼女はこみ上げる涙声をつまらせた。

青木家をあとにした梨絵は、濡れた眼で、雄太の部屋をふり返って見あげた。期待してみたが、二階の窓から、雄太の顔は出なかった。

四か月後も、その先も、青木家に来られない。雄太に町なかで再会しても、素《そ》っ気ない態度なんて、いやだ。抱きつきたいくらい好きなのに。

（わたしも外国に行って英語を使ってみたい。おちょろ舟に乗るなんて、生まれながらの宿命じゃない。自由になりたい。雄太先生と恋愛がしたい。サンフランシスコで、雄太先生と腕を組んで歩いてみたい）


それから三日後だった。

夜中の九時ころに、木江港内が真っ赤に染まった。裏山のサイレンが鳴りひびき、有線放送で「船火事が起きた」と知らせる。

積み荷が石炭で、激しい火焔《かえん》をあげる。黒ぐろとした巨大な煙が高く広がる。火炎船の周辺の貨物船が、類焼《るいしょう》を防ぐために緊急で移動している。

いくつものおちょろ舟が、本船から姐さんた

木江港

ちを拾いあつめ、あわただしく逃げている。炎が赤く映って燃える海面で、ちょろ押したちが懸命に艪《ろ》を漕《こ》いでいる。石炭の飛び火が屋形に移ると、姐さんたちが慌《あわ》てふためいてバケツで海水をかける光景に変わった。

海岸沿いには、大勢の人出があり、船火事を見守る。梨絵もそのうちの一人だった。火事よりも、孤独ばかりがこころに拡がった。

「いまだわ。島から逃げるならば。わたし、新しい生き方を見つける。おなじ人間として、わたしには自由になる権利がある」

雄太が聴かせてくれたリンカーンの奴隷解放が、梨絵の頭のなかをよこぎった。島から本土への連絡船の終便はもうない。

「貧しい家に生まれたけれど、将来まで、おちょろ舟の女郎が宿命だなんて、甘んじたくない。新しい生き方は、わたし自身がつくる」

雄太の姿をひと目見て、それをひとこと伝えてから、島から逃亡しよう。

「島の北側の、商船高校のある矢弓《やゆみ》にいこう」

この場から駆けだすと、逃亡だと見破られてしまう。彼女は火事見物の野次馬《やじうま》の群れから、そっと抜けだした。やがて、島の南北に通じる山道に入ると、小走りになった。

追手を意識するほどに、その恐怖が梨絵のからだを突き抜けた。ふり返ると、船火事でなおも真っ赤な空だった。

海岸から一五分ていどで、山間の隧道《ずいどう》までやってきた。トンネル内はうす暗く、岩盤《がんばん》がむき出して、下駄《げた》の音が不気味にひびく。二重の恐怖で、梨絵のこころは押しつぶされそうだった。

隧道をぬけ出ると、半月を遮る雲《さえぎ》はなく、かろうじてうす闇の夜道が確認できた。右手のため池が、半月を浮かばせている。追手への恐怖で、ふり返った瞬間、下駄の鼻緒が切れた。

「裸足で逃げるしかない」

彼女は両手で下駄を持ち、素足で下り勾配の道をすすんだ。多少の迷いはあったが、商船高校の正門までやってきた。

校舎は真っ暗だったが、寄宿舎のすべての窓から灯火がもれていた。海の側《ほう》をみると、暗い海面には岩礁《がんしょう》を表示する赤い灯が点滅している。手前の栈橋には、商船高校の練習船とか、カッターボートとかが停泊していた。

「雄太先生に、どうしたら逢えるのかしら?」

この場で、途方《とほう》にくれた。

「朝を待つしかないわ」

夜露をしのげる農家の納屋に忍《しの》び込んだ。彼女は茣蓙《ござ》を土間に敷いてから、全身を横たえた。ふだんの雑役の疲労と、逃走の精神の摩耗《まもう》から寝入った。

梨絵はうたた寝ていどの気持ちで目覚めた。朝日が板壁の透き間から射し込む。大勢の男性のかけ声が聞こえてきた。納屋の戸を開けると、白い練習服の商船高校生の一団がならんで、海岸縁をランニングしている。

「こんなところで、何している」

中年の制服巡査が白い自転車を停めた。

梨絵は満足に応えられなかった。

「木江に火事場泥棒が出て、島は警戒ちゅうだ。いちおう確認はさせてもらうけれど、君の氏名と本籍地は？」

立木梨絵です。本籍はわかりません、養女の名目《めいもく》で貰われてきましたから。前借付きの下働《したばたら》きで、つらくて逃げてきました。この商船高校のひとに、日曜日ごとに英語のレッスンを受けています。一言、挨拶して、島から逃げたかったのです。

巡査には事情の一端《いったん》をくみ取ってもらい、ここは見逃しもらいたかった。それだけに、おもいのほか淀《よど》みなくことばが出てきた。

「わかった。立木屋には知らせないでおこう。商船の生徒の氏名は？」

それも正直に答えた。

「念のために、学校側に確認していいな。逃げずに待っていなさい」

ここは巡査に任せるよりしかなかった。

しばらく時間が経った。校舎の方角から、男性教師らしき人物と雄太と巡査が連れ立ってやってきた。白い練習服姿の雄太が、まちがいありません、と応えてくれた。

学校では保護できないので、警察で保護できませんか、と教師が巡査に提案した。巡査は思案顔だった。警察があずかると、身元保証人として、立木屋に渡さざるを得ないという。

「わたし、女郎屋に戻りたくない。奴隷とおなじです。自由になりたい。島から逃げて、新しい生き方がしたいのです。見逃してください」

梨絵がつよい語気で、叫ぶように訴えた。

「木江港から、一晩逃げたから、梨絵さんの身は危険です。ボクは木江の者だから、それなりに女郎屋の裏の顔も知っています。彼女に自由を与えてあげましょう」

「大崎上島から、逃げさせてください」

梨絵は両手を合わせて、それぞれに懇願《こんがん》した。

「大西港やメバル港から連絡船に乗ると、女郎屋の追手《おって》に勘《かん》づかれてしまいます。ここは……」

雄太が教師の顔になにかしら訴えている。目と目で会話している、と梨絵には理解できた。

「こうしよう、午後からのカッターボート訓練は、朝の一時間目に変えよう」

教師がそう言った。

「密航だよ。自由になれる」

雄太が耳もとで教えてくれた。

「雄太先生とはお別れですが、わたしは自由を選びます」

梨絵は、母親との話をいっさい持ちださなかった。

「手配ちゅうの火事場泥棒とは、無関係で、事件性はないから、これで失礼します」

かるく敬礼した巡査が、白い自転車にまたがった。

一時間目がきた。白い練習服をまとった学生たちが、八人乗りのカッターボートに乗りこみ、シーツで梨絵の全身を隠し、オールを漕《こ》いで竹原港へとむかった。

上陸のとき、女性用の運動靴と列車代をさしむけてくれた。彼女は、海岸から去っていくカッターボート訓練の学生たちに手を振った。とくに雄太とは名残りおしい別れだった。

彼女が徒歩で竹原駅に着いたとたんに、人相の悪い男に右腕をつかまれた。梨絵はからだの血が逆流するような恐怖をおぼえた。男は女郎屋が雇う用心棒らしい。

見当をつけて竹原駅周辺で見張っていたのだと、男は得意げに笑った。

天満桟橋のベンチで、足と腰を休める古老がいた。もう六〇年まえになる梨絵の悲哀《ひあい》を語ってくれた。梨絵は享年十四歳だったという。

木江港の外れには、野賀《のか》の鼻とよばれる白砂の海岸がある。竹原駅から連れもどされた数日後、入水自殺をした娘が、野賀の磯で、発見されたという。彼女の身体には、仕置《しお》きされた痣《あざ》があっちこっちにあったらしい。

警察は、自殺と他殺の両面から捜査をはじめたと聞いた。用心棒はすでに島から姿を消していた。結局は、立木梨絵の自殺だと判断された。

片や、商船高校の生徒たちは、学校のなかで募金活動をして、亡き梨絵のお地蔵さんをつくり、神峰山にあげた。いつぞや、梨絵を秘かに竹原港に送った血気《けっき》盛んな八人が、立木屋を襲撃する事件がおきた。

女郎屋の楼主の立木毅と、女将の登代子を容赦《ようしゃ》なく吊《つる》しあげ、亡き梨絵への謝罪文を書かせた。と同時に、全女郎の前借の証文をことごとく庭で燃やし、廃業を宣言させたのだ。

生徒らは退学、停学処分をうけたと聞いている。

「お地蔵さんのなかには、初潮の齢にもならずして、病死した児《こ》も、身投げした児もおった。商船高校の学生に恋した梨絵は、憐《あわ》れといえば、あわれじゃのう」

両手で杖《つえ》をついた古老は、天満桟橋のベンチから立ち上がると、神峰山の方角を見あげた。どれが梨絵のお地蔵さまか、いまではわからない、とつけ加えた。

第3章　紙芝居と海軍大尉

屋形のおちょろ舟が、瀬戸内の木江《きのえ》港で、艪《ろ》の音をギイー・ギーイとひびかせる。さざ波の海面を滑っていた。

暁《あかつき》の空には、ほそい有明の月が浮かぶ。おちょろ舟にはわずか一人、十八歳になったばかりの和服姿の女性が乗っていた。座布団に腰をすえた伊沢《いざわ》ゆみ恵《え》は、すこしでも間があると、本を読んでいる沖女郎《おきじょろう》である。

おちょろ舟の艪の音が、波止場で止まった。四十歳前後のちょろ押し（船頭）が、船尾から輪のロープを、岸壁《がんぺき》のビット（係船柱《けいせんちゅう》）にかけて舟を止めた。

「お疲れさま」

「干潮《かんちょう》だから、藻《も》で滑りやすいぜ。姐《ねえ》さん、気つけな。転げ落ちると大変だぞ」

七段ばかりの石段の雁木《がんき》には、藻や貝殻《かいがら》がへばりついていた。

「海に落ちたら、わたし泳げないし。フカに食べられてしまいそう」

ゆみ恵は下駄をはいた。

「瀬戸内には、フカなどおらんと思っていたけれどな。この島で犠牲者が出てびっくりだ。太平洋の黒潮からどう迷い込んだのか、用心せんとな。姐さん方が海に落ちると、わしの責任だ」

ちょろ押しが潮枯《しおが》れた声で、ふたたび注意をうながす。

大崎上島の東端で、中学生が遊泳禁止ちゅうだったが、遊び半分で泳ぐさなか、フカの鋭い歯で頭部をかみ切られている。胴体の一部が浮いていたという事故が起きたばかりだ。

「フカの胃袋で、わたしのからだが溶《と》けるなんて嫌よね。骨がなければ、無縁仏にもなれないし。神峰山《かみのみねやま》のお地蔵さんにも、祀《まつ》ってくれないかもね」

ゆみ恵は指先で着物の裾をもちあげた。

「しっかりつかまって」

ちょろ押しがゴツゴツした片手を添《そ》えてくれた。彼女は片方の白い足を延《の》ばした。そして、一段ずつていねいに雁木の最上段まで上がった。

ふり向くと、朝日の昇る気配で、帯状の浮雲が茜《あかね》色に焼けはじめている。伊沢ゆみ恵が一夜妻《いちやづま》を演じてきた内航《ないこう》タンカーが、他船よりも早い船出で、すでに伊予《いよ》の大三島《おおみしま》にちかい海峡《かいきょう》を航行している。

その視線を手前に引くと、山代屋《やましろや》のちょろ押しが、竹竿《たけざお》で岸から押しだし、漕《こ》ぐ艪にかえた。

これからほか五人の女郎を回収しにいくのだ。

彼女は波止場から天満《てんま》遊郭街《ゆうかくがい》に向かった。ものの数分で道幅が狭ばまり、両側には、木造三階建ての女郎屋が軒をつらねる。夜に活躍した張見世《はりみせ》の格子が、いずれも内側から板戸で閉めきられていた。

そのさきにみえる「山代屋」の表看板は、毛筆の草書《そうしょ》で書かれている。ここの女将《おかみ》は、この商売にめずらしく書家だった。

一軒手まえの花壇には、地植えの朝顔が紫色に四輪ほど咲かせている。一点の汚れも、瑕疵《きず》もなく、あでやかな大輪だった。それぞれの花弁には、朝露《あさつゆ》が円い小粒で、二つ、三つ浮かぶ。

ゆみ恵が和服姿の膝を折り、朝顔を愛《め》でた。その視線が、花壇のちいさな雑草に移った。二指《ゆび》でその芽をつかんだ。露で湿った土から、すっと抜けた。

「ごめんなさいね、育ち盛りなのに。雑草ゆえに命を絶たれるなんて。わたしって残酷《ざんこく》でしょう。でもね、おなじ運命なのよ」

ゆみ恵は指先の土をかるく払った。昨夜の、機関長の指の感触《かんしょく》が、不快に背中に残っている。

——女郎、おまえの背なかには、真っ白い夕顔が咲いておるな。これは原爆のケロイドだろう。本ものの夕顔そっくりだな。

そのことばで、彼女の背筋がぞっとした。

沖女郎は肉体を売るのに、機関長はそれから一言も発せず、布団をかぶって寝てしまった。伝染病でもないのに、穢《けが》れた女だと、見縊《みくび》られた屈辱感がいまだに彼女のこころのなかで渦巻《うずま》いていた。

「帰って、ひと寝入りしよう」

ゆみ恵は路地に入り、山代屋の裏木戸から、三階建ての母屋に入った。急な階段を登った。三階の大部屋は、朝一番帰りで、まだだれもいなかった。

海側の窓を開けても、朝凪《あさなぎ》でむし暑い。彼女は蚊帳《かや》を四方の柱につるしてから、うす地の寝間着に着がえた。

ひと寝入りしてから目覚めたのは、午前一〇時半だった。五分袖のワンピース姿になったゆみ恵は、階下《した》の食堂に入った。老女中が魚のみそ汁を温めてくれた。麦飯の朝食を摂《と》った。そして、大部屋にもどると、外出着に着替えはじめた。鏡のまえで、それとなく右の肩甲骨《けんこうこつ》にある夕顔を映してみた。直径六センチくらいの白い花弁だった。水色のブラウスでそれを消した。

午後三時の銭湯まで、女郎には自由な時間があった。

——木江港から逃げ出さない。ほかの地区、たとえば中野、東野、南という町村に行かない。野賀《のか》の鼻《はな》の駆け込み寺には近づかない。

——見世《みせ》の外で、お客に会ってはいけない。

それを意識しながら、ゆみ恵は階下の裏木戸に足を運んだ。裏庭で家族ものの洗濯を干す女将《おかみ》の美代《みよ》と目が合った。

「公民館の図書室に行ってきます」

「いいわよ。また、むずかしい本を借りてくるのでしょうね」

四十一歳の美代が細面に、好意のある片えくぼを浮かべた。およそ女郎屋の女将にふさわしくない優しい口調だった。

「読むことと、書くことは好きですから。女将さんは書道や詩歌にたけているのでしょう。町の方々に、公民館で教えていらっしゃるし」

「実家の先祖に、高邁《こうまい》なひとが多くいたみたい。わたしなどは足もとにも及ばないわ」

美代の先祖は江戸時代の徳川家の重臣だった。本来ならば、美代は高貴な奥さまだろう。明治維新で武士社会がなくなり、没落《ぼつらく》し、さらに太平洋戦争の敗戦で華族《かぞく》の肩書もなくなった。

終戦直後は、日本人はみな極貧で生きるか死ぬか、瀬戸際の生活だった。

美代は仲人口にのせられて、昭和二三年に木江《きのえ》港の新興成金《しんこうなりきん》である山代家に嫁いできたのだ。

復員兵の山代一二三《ひふみ》は伊予の国（愛媛県）の出身で、ずる賢く立ち振舞う人物だった。情報通で、旧日本軍の備品を持ちだし、各地の闇《やみ》市場で売ったり、進駐軍の米軍やオーストラリア兵と結託《けったく》し、物資の横流しで金を溜めこんできたりした。そして、裏の金融業をはじめた。

美代が山代家に嫁いだ半年後、夫が羽振《はぶ》りの良さで、木江港で女郎屋を興《おこ》したのだ。美代がつよく反対したけれど、押し切られたらしい。

木江港には一発勝負で、金を稼ぎたい人たちが多くあつまっていた。

ゆみ恵が裏木戸を開けたとき、キツネ目の五十代のやり手婆あのウメに呼び止められた。

「どこに行くのよ」

「公民館の図書室です」

「りこうな女は嫌だね。男に媚《こび》は売らず、お堅い本ばっかり読んでいる。郷《ごう》に入っては郷に従う。女郎がなにか、よくわかってないね、あんたは」

ウメはみるからに憎々しげな目だった。

公民館で本を借りてから、ゆみ恵は二時間ほど海岸で読んだ。それからは気晴らしに、海岸通りをあるいてみた。道筋にはいくつかの造船所の作業場がのぞきみられた。建造ちゅうの木造船は、恐竜《きょうりゅう》の肋骨《ろっこつ》に似ている。

彼女はその先、海岸縁で足を止めた。港内の数多い停泊船をみながら、「これがわたしの青春なの」と呟《つぶや》いた。彼女はありし日の家族を想いうかべた。

父親は高級官吏《かんり》で転勤族だった。米国に留学経験があると聞いた。昭和一九年春、広島に転勤となった。ゆみ恵の転校はそれで三度目である。兄は広島一中に転校になり、ゆみ恵は国民学校初等科六年生（現・小学校六年生）で十一歳になっていた。

家族四人は広島の官舎住いだった。

父親の蔵書《ぞうしょ》は財政・金融などの専門書が中心にならぶ。母は読書好きで、ゆみ恵は一般の小説・随筆などをとりだして熱心に読みあさったものだ。早熟な児ね、と言いながらも、母は理解を示してくれた。

夕食時に、父が何をおもったのか、こう言った。

「日本が満州国をつくったから、世界じゅうの国からバッシングをうけたのだ。占領した満州から、段階的に撤退する条件を小出しにしながら、外交努力で粘《ねば》り強く、解決するべきだった。ところが日独伊三国同盟を結んだ。あげくの果てには、神風を期待し、一、二年で終わらせると豪語《ごうご》してハワイ島を攻撃した。物資の豊富な米国と戦争するなんて、最悪の選択だ。学校では子どもにまで、鬼畜《きちく》英米を教え込む。人間を鬼畜と呼ぶような異常な軍人政治家たちだ」

こんな話が家族のなかとはいえ、憲兵に知られたら、父は獄《ごく》ちゅうの人になると、ゆみ恵はそれを怖れた。

「戦争はぼう大なお金がかかる。国家収入の数倍も戦費につかい、国民が飢《う》えている、最悪の経済環境に陥《おちい》った。日本は神の国じゃない。おもい上がりだ。神風は吹かない。かならず罰せられる」

高等女学校一年生となった十二歳のゆみ恵にすれば、学校に掲示された「聖戦だ　己《おのれ》殺して国を生かせ」という標語と、父親の語る話とはあまりにも乖離《かいり》しているとおもった。

兄は広島一中の勤労奉仕で、いずこかの工場に通っていたので、この場にいなかった。

「東京は第一軍都《ぐんと》、鈴鹿山脈で割って、西側は広島が第二軍都だ。戦争を強力に推進する都市になった。東京は三月十日で壊滅《かいめつ》的な被害を受けた。いまに、第二軍都の広島も、かならず壊滅的な被害を受けるぞ」

そんな父親の推測が当たった。

魔の昭和二〇（一九四五）年八月六日がきた。朝八時、ゆみ恵は高女の朝礼で並んでいた。真夏の陽が朝からとても暑い。

一五分後、鋭い閃光《せんこう》と巨大な爆風で、ゆみ恵は校舎の板壁に叩きつけられ、気を失った。意識がもどると、着衣が吹き飛ばされて裸身《はだか》だった。

その羞恥心《しゅうちしん》から、倒壊した民家に入り、飛び散った家具のなかから洋服をさがしだし、身に着けた。周辺は朝なのに暗闇となっていた。

街の四方から火焔《かえん》が上がった。橋は崩れ、家屋は倒壊し、ゆみ恵は逃げ惑《まど》った。町じゅうの電柱や家屋が路上を塞《ふさ》いで倒壊している。それら木造の建物が燃える。

渦《うず》まく火の海だった。路上には瓦《かわら》、瓦礫《がれき》、屋根や塀《へい》のトタンが散乱している。鳩も、鶏などの家畜も、犬猫も、みな死んでいる。ゆみ恵はひたすら黒煙と火焔から逃げる。

皮膚《ひふ》がただれた男女が、水、水をくれ、という。路上に死体が散乱する。どっちに逃げるべきか、その方角すらもわからない。熱風《ねっぷう》に追われる。ゆみ恵はただ泣きながら走り狂っていた。

闇のなかで、一夜を過ごす。夜中じゅう子どもが泣きわめく。まわりのひとは次つぎと血を吐いて死んでいる。

まる二晩の夜が明けた。

八月の太陽が照りつける。市電は黒焦げだ。真っ黒な消炭《けしずみ》のように焼け焦げた死体には、銀バエが飛び交う。蛆虫《うじむし》が這《は》っている。生きている人も、皮膚のむけた赤い肉塊《にくかい》を剥《む》きだす。

焼け焦げた異臭と、無数の死体の腐敗臭《ふはいしゅう》が鼻孔《はな》を突く。この世とは思えないおぞましい光景ばかりだった。

爆風で服がボロボロの婦人が、焼けただれた乳房で赤子に乳を飲ます。焼け野原で、目にする多くは、頭髪が抜けて血を吐《は》いて死んでいた。

だれを呪《のろ》ったらいいのか、ゆみ恵はそれすらもわからなかった。

荒廃《こうはい》の広島で、ひときわ目立つ、日本銀行広島支店のビルにいってみた。父親の消息はつかめなかった。官舎の住まいは焼失し、母の存在すらなかった。兄がかよう勤労奉仕の工場すらも破壊されていた。

数日間は、家族をさがすことが一念《いちねん》だった。

近隣の町村から応援者が広島に入り、山積みの遺体を火葬している。その黒煙がいくつも舞い上がる。別離の両親や次男はもはや火葬されたかもしれない。

「あの日から、人生はすべて狂った」

ゆみ恵は、運よく孤児院に入れた。学ぶこと、食べること、生きることはできた。新制中学校は卒業できた。

ゆみ恵は十五歳で、呉市の会社に入社できた。進駐軍のオーストラリア兵たちの文書作成を請け負う会社である。タイピストの見習い仕事で、寄宿舎生活だった。

「夜は危険よ。はやくに帰ってきなさいよ。街にはあくどい連中が多いからね。甘い話に乗ったら、ダメよ。ゆみ恵さんは性格がいいから、ちょっと怖いわね」

朝の出勤まえに見送る寮母《りょうぼ》から、そんな話がなんども出ていた。

戦前の呉は軍港で、戦艦・大和などを建造している。終戦後は、呉駅の裏手には闇市場ができた。旧軍服姿の露天商《ろてんしょう》が多かった。

工廠《こうしょう》の元工員、旧海軍兵、復員兵などが屯《たむろ》し、縄張《なわば》り争いというヤクザの抗争《こうそう》事件が多発していた。

ある日、ゆみ恵はどうしても断りきれない残業をした帰り道、呉線のガード下で、複数の男につかまり、廃屋《はいおく》のビルに連れ込まれた。

「やめて。止めてよ」

男らに玩《もてあそ》ばれたあげくの果てに、強引に会社寮から、一軒家に移住させられた。貢《みつ》がせるヒモ男が、見張り役で、肌の露出した夜服《ふく》を着せられてキャバレー女として働く日々となった。昼間はタイピスト、夜は水商売の女だった。

それから二か月後、荒々しい熊のような男に取りかこまれた。この証文に母音を捺《お》せと命じられた。

「なんの証文《しょうもん》ですか。おしえてください。わからないと、捺せません」

「つべこべ言うな」

男がゆみ恵の手首をつかみ、嫌がる証文に拇印を捺させる。前借のかたに、ゆみ恵は木江港の山代屋に売り飛ばされたのだ。警察に訴える術《すべ》もなかった。

昭和二六年の正月は、朝鮮戦争の特需で、木江の造船所は建造ブームとなり、女郎屋も増えるなど、町は好景気で湧《わ》きあがっていた。

伊沢ゆみ恵は沖女郎《おかじょろう》としておちょろ舟に乗せられ、港に係留《けいりゅう》する本船の船員に買われて、一夜妻となる。ときには陸女郎として張見世《はりみせ》で、往来をとおる冷やかし客などを呼び込む。

木江の女郎になった二か月間は、とかく嫌な客が多かった。

「女郎の、あんたの背なかには白い夕顔があるな。原爆女は日陰暮らしが多いらしいから、詐欺師にだまされやすい。あんたも、その口だろう」

ゆみ恵は不快でそれには応えなかった。

その客はやり手婆あのウメに、愛想のひとつもない原爆女はいやだから、女郎を変えてくれ、と要求したのだ。事情を聴かれたゆみ恵は、狡《こす》い男です、いちどからだを抱いておきながら、と訴えると、ウメは口のきき方が気に食わないと怒った。

「そんなにも、ふて腐れた顔するなら、今晩、あんたに見合った客を惹《ひ》いてあげるから。待ってな」

それは先々月で、二月末の寒風がふく日没ちかくだった。ウメは、自転車帰りの紙芝居屋を山代屋のまえで呼び止めた。

——安くしておくよ、半値だよ。泊っておいで。

——登楼《とうろう》するお金はないし、ちかくの安い宿屋に決めている。

——それなら、三掛けでいいよ。

——ボクは大崎上島の子どもらに、紙芝居で夢を与えている。木江の遊郭《ゆうかく》で女郎を買っているとなると、子どもに良い影響をあたえない。

——子どもは遊郭《うち》が何をするところか、まだわかってないよ。

——そうだとしても、ボクは紙芝居をつくる絵の道具一式も持ちあるいている。連泊《れんぱく》でないと、荷物の移動が大変だから。

——連泊でも、三掛けでいいからさ。半年はおなじ値引きだよ。挙《あ》がっていきな。昼間は部屋に荷物をおこうが、ゴロゴロ寝ていようが、自由だよ。

——意地になって値を下げるとは、よほど売れない女郎だね。わかった。登楼しよう。

楼主と女郎の分け前は折半《せっぱん》、つまり五分と五分だった。女郎はそこから部屋代、食費、おちょろ舟代、寝間着代、諸々の経費が差し引かれる。そのうえ、前借の利子と元金を引き落とされる。女郎にまわってくるお金は微々《びび》たるもの。女がひとたび遊郭に身をおくと、自力で借金地獄から逃げられない仕組みになっていた。

紙芝居師の関雄一《せきゆういち》が、座敷にあがった登楼の経緯《けいい》をおしえてくれた。そして翌三月もつづけて山代屋にきてくれたのだ。

かれは三十三歳の長身で、男優なみの知的な彫のふかい顔だった。質素だが、小ざっぱりしている。話しに聴けば、戦後五年間は、この道一筋だという。

「今月（四月）も、来てくれるとうれしいけれど……」

公民館から本を借りて館外にでた、ゆみ恵の視線が火の櫓、そのむこうの厳島《いつくしま》神社にながれた。

「お祈りしていこうかしら」

神社の境内から、拍子木《ひょうしぎ》と太鼓《たいこ》の音がひびく。

「さあ、さあ。ひと月ぶりだよ。〈関《せき》ちゃんの紙芝居〉がきたよ。見逃すと損だよ。大損だよ」

関雄一は、機械メーカーのロゴが入った帽子をかぶる。法被《はっぴ》をきる背筋はしっかり伸びている。

「関ちゃんの紙芝居だぞ。このおじさんは面白いんだ」

マー君という町でも有名なガキ大将である。少年は馬鈴薯《ジャガイモ》に似た顔立ちで、膝頭には継《つぎ》があたった服を着ている。女郎屋にも時おり遊びにきて、姐さん方から、菓子をねだる小学三年生であった。

紙芝居師はなおも拍子木を打ちつづける。チャンバラごっこ、ビー玉遊びの子どももあつまってきた。神社と隣りあう警察署のまえで、縄とびをする三つ編《あ》みをした少女らも、三、四人ほど紙芝居屋に向かってきた。

――女郎屋の外で、お客と出会っても、口を利いてはならない。

その掟《おきて》がゆみ恵の脳裏を横切った。

彼女はさっと狛犬《こまいぬ》の陰に入った。

「きょうは怪奇《かいき》ものだよ。夜、便所にいけないぞ。肝っ玉の小さい子は、見ない方が良《い》いぞ。おぞましいぞ」

「おじさんは、いつも脅かすけど、ぜんぜん怖くないものな」

「ピカドン（原爆）だったら、怖いからいやだな」

お下げ髪の女の子が観るか、みないかと、戸惑《とまど》いの顔で五円玉をにぎりしめている。

紙芝居師の関雄一が、子どもらに急《せ》かされて、切りの良いところで、一人《ひとり》五円で駄菓子《だがし》を売りはじめた。子どもらはさっそく割り箸《ばし》で水飴《みずあめ》をねって白くしている。

自転車の荷台で紙芝居の舞台を開いた。一五人くらいの子があつまっていた。さんざん迷っていた女の子が、五円玉をさしだす。赤子を背負った子守の二十代の女性がやや遠くから無料《ただ》でみている。

「さあ。始まり、はじまり」

紙芝居師の関雄一が、筋金入りのような腕で、ドン・ドン・ドンと小太鼓を連打する。禁門《きんもん》の変をかるく紹介してから、紙芝居の舞台から一枚の絵をおもむろに引き抜いていく。

「長州藩の一五〇〇人の軍隊が、幕府軍におそいかかったのである。しかし、幕府軍は強かった。逆襲で、長州藩は逃げる、逃げる」

勢いよく絵をさっと引いた。

「長州藩兵は、藩邸《はんてい》に火を放った」

ここが長州藩邸だ、と絵のなかの屋敷を、太鼓のバチでさす。

「さあ、大変だ。京の街が、大火災になった。大変だ」

かれの太鼓の連打が緊迫感を高めていた。

神社や仏閣、民家が真っ赤な炎に包まれている。逃げ惑う男女は小粒に描かれていた。

——悪魔が公卿《くげ》のうつくしい娘を誘拐して、四条《しじょう》通りを駆《か》けぬけていった。助けて〜、と公卿の娘が悲鳴をあげる。悪魔は鴨川《かもがわ》の橋をわたった。祇園《ぎおん》の町をぬけると、比叡山《ひえいざん》の山奥へと、さらった娘を連れていく。「待て、待て、待て」と鞍馬天狗《くらまてんぐ》が馬に乗ってあらわれた。

マー君が手を叩いて喝采《かっさい》している。

紙芝居師が鉦《かね》と太鼓で、危機を盛りあげる。紙芝居の絵を抜くかれは、話術にすぐれた無声映画の弁士のように、じょうずに緩急《かんきゅう》をつけていた。

——多勢に無勢だが、悲鳴をあげている公卿の娘は、助けてやらねばならぬ。

かれはバチを刀に見立てて、大上段の構えをみせた。それは剣術者のような構えだった。剣道の経験者なのか。

——鞍馬天狗をようしゃなく、たたき斬れ。

大勢の悪魔が襲いかかるが、鞍馬天狗がバッタ、バッタと斬る。

紙芝居師はあえて飛び跳ねてから、悪魔を斬り倒す。さも目前に悪魔がいるように、しゃがんでは立ち上がり、斜めからも斬る。バチを手に右に左にと、殺陣《たて》を披露する。

子どもからふたたび拍手が起きた。

——逃げろ。逃げろ。鞍馬天狗の剣に恐れをなし、ちりぢりに逃げる。

待て、待て。ふたたび馬に飛び乗った鞍馬天狗が追いかける。

——まるで妖怪《ようかい》のように悪魔たちは姿を消したな。どこだ。どこに公卿の美しき娘を連れ去ったのだ。

鞍馬天狗は正義の味方なんだ、きっと悪魔を捕まえるぞ、とマー君が声援する。

このとき、鞍馬天狗が一人の悪魔を見つけて、馬から飛び降りた。

——おのれ、待たんか。公卿の娘をどこに隠した。白状《はくじょう》しないと、斬るぞ。

紙芝居師は正眼に構えた。

——斬らないでくれ。比叡山のお寺だ。

さらに絵を引き抜く。

鞍馬天狗は悪魔の隠れ家を突き止めた。

——ここだな。

本堂の窓からのぞき見ると、悪魔たちが酒を飲み、笑いこけていた。

――公卿から千両をもらう、前祝だ。公卿の娘も飲め。飲まぬか。

紙芝居師が、悪魔たちの勝鬨《かちどき》や、酔って女をいびる演技をみせる。

――鞍馬天狗が参上。おまえたちの悪事がすべてわかった。公卿の娘をさらって、儲《もう》ける悪巧《わるだく》みはぜんぶ聞いたぞ。おまえら長州か、幕府か、どっちだ。

双方で、にらみ合っていた。

このとき、悪魔のひとりが、鞍馬天狗のうしろから忍び寄ってきた。突如として、火薬玉《かやくだま》を投げつけた。本堂の入口が大爆発した。

「このつづきはまた明日」

マー君は、鞍馬天狗は強いんだ、火薬でも殺されない、ぜったい死なないと言いながら、立ち去っていく。

紙芝居師は、鞍馬天狗を二〇分ほど演じてから、自転車の紙芝居の舞台をたたみ、小太鼓や鉦《かね》など道具一式をくくりつけた。

狛犬の陰のゆみ恵と、紙芝居屋の視線とが、かすれるほどに絡《から》み合った。

(今夜、たのしみに待っています)

関雄一がかるくうなずいた。「じゃあ、後で」というふうに手をあげてから、次の場所に移っていった。

午後三時、ゆみ恵はいつもどおり風呂屋の「女湯」ののれんをくぐった。そして、美容院にいった。山代屋にもどってきた彼女は、きょう予想される二階の六畳間の個室をのぞいてみた。お座敷というよりも、となり部屋との間仕切り板のペンキが、あばたに剥《は》げている小部屋だった。

「こんなところで、何しておるんね」

やり手婆あのウメが憎々しい表情を浮かべている。

「紙芝居師から、予約が入っていませんか」

「入ってないね。聞いてないよ」

「先の別れぎわに、きょう、この日に来ると約束してくれたものですから」

先刻、厳島神社で当人をみた、といえば、「女郎がお客と外で密会した」ときびしい掟をもちだすだろう。

「バカだね、男の約束を信じるなんて。世間知らずだね。きょうのあんたは沖女郎だよ」

と言われると、逆らえず、ゆみ恵は素直にひきさがった。

夕暮れ、ゆみ恵は御影石《みかげいし》で造った波止場から、おちょろ舟に乗りこんだ。港の海面はしだいに暮色を濃くしていく。遊郭街の灯《とも》りが点りはじめた。それぞれの女郎屋の明かりが、群れた蛍火《ほたるび》のように、海岸沿いにならぶ。検番《けんばん》の太鼓で、数多くのおちょろ舟が競って沖にでていく光景となった。

山代屋のおちょろ舟が、港内の貨物船に横付けになった。突如として、陸上からラッパが鳴りひびいた。その音階で、どこの女郎屋の、どの女郎だとわかる。ラッパを吹いたのはウメで、伊沢ゆみ恵をよびもどす合図だった。

「あのやり手婆あめ、おちょろ舟を漕ぎだして、まだ二〇分もたっておらんのに。これで陸《おか》にもどさせたら、ほかの姐さんが上客を取れないだろう。バカ目が」

ちょろ押しは怒っていた。


上陸したゆみ恵は、山代屋の二階の客間に出むいた。関雄一が新聞を拡げていた。膝がすり減ったズボンを履いているが、きりっと引きしまった体躯《からだ》である。

「お待たせいたしました」

ゆみ恵は、正座し、三度目の登楼《とうろう》のお礼を述べた。

「連泊でお世話になるよ。いつもの部屋だね。ここからの景色は好きだな。真向かいに大三島、大久野島《おおくのしま》もみえるし」

「あら、わたしよりも、景色が楽しみでいらしたのですか」

「そうだと言ったら」

「いじわるね。やり手婆あ以上ね」

ゆみ恵は殴る真似をしてから、女郎屋の内風呂をすすめた。

着替えの浴衣は、ゆみ恵が脱衣所に運んだ。湯かげんはいかがですか。ちょうどいいよ。ごゆっくり。彼女が部屋にもどると同時に、燗酒《かんざけ》と料理が老女中の手で運ばれてきた。

お盆ごと受けとった彼女は、ちゃぶ台に焼き魚、吸い物のお椀、漬物をならべた。

「きょうは七か所で紙芝居をした。風呂で疲れがとれて、さっぱりしたよ」

関雄一の浴衣の下から、白木綿《しらゆう》の肌シャツがみえていた。ふたりはちゃぶ台をはさんで向かいあって坐った。

「島めぐりは魚が美味《うま》い。木江で、ゆみ恵さんをまえにして食べられるから、なおさら美酒《びしゅ》になる」

「さん付けでなく、ゆみ恵と言ってください」

「そうかい。ゆみ恵はおとなしい性格だし、頭が良いし、器量もいい。ボクは気持ちが落ち着ける」

「お口が上手ですね」

彼女はお酒の酌《しゃく》をした。

「ほめ上手だといってほしい」

「まあ。からかい上手ですね。紙芝居は英語で、なんていうのかしら」

「カミシバイだよ。世界共通用語。一説だと、全国で五万人もいるらしい」

雄一は酒の盃をあおった。酢の物の小鉢に箸をのばす。

「そんなにも多いのですか。知らなかった」

多くは紙芝居の原画を貸しだす「絵元《えもと》」から借り受けている。一回は一一枚、三日間で完結するストーリーが主流だった。

「ボクは本来、自分で作った一点ものの紙芝居にこだわりたい。しかし、絵は得意だが、脚本がいまひとつ。ボクの創《つく》った作品は、子どものこころを満足に捉《とら》えきっていない。子どもらの目をみれば、作品の評価がわかる。三十三歳と十歳前後との感性の差かもしれない」

「わたしに、紙芝居の脚本を書かせていただけませんか。子どもの頃から、空想癖《くうそうへき》がありましたし。子ども向けの物語を作ってみたい……」

「願ってもないことだ。ゆみ恵さん、じゃなくて、ゆみ恵が原作、ボクが絵を受けもつ。これはいいコンビになりそうだ」

「月に二、三本なら書けそうです、昼間は暇《ひま》ですから。必要ならば、もっと書ける気もします」

「紙芝居は、絵本の読み聞かせとはちがう。子どもだけでなく、のぞき見する大人も楽しめる、面白がる。そんな紙芝居に徹してほしい」

食膳が下げられると、ゆみ恵が寝床を取った。ふたりは一つ布団に入った。

「わたしは、当面五〇本の物語を目標にしようかしら」

「ゆみ恵ならできそうな数字だな。ただ、乱作にならないように。子どもらにはこのさき何が起こるのかと期待をもたせる。余韻をただよわせて間《ま》をとる。笑いを交える。ここらは脚本の段階で、考慮《こうりょ》してほしい」

「はい、わかりました。いろいろ批評してください。電気を消しますか」

ふたりは布団のなかで太腿をからめた。

「いま、どんなものが浮かぶ?」

「子どもが主人公なら……」

というと、唇がふさがれた。

「連泊は三がけ、七割引き」は、わずか三回だった。その先は、やり手婆あが頰《ほお》かぶりで、特別値引きはまったく無くなっていた。

それでも、関雄一は月に一度、登楼《とうろう》してくれた。一年余りとつづいてきた。この間に、原作・伊沢ゆみ恵、絵・関雄一と記載されたタイトル画の紙芝居が延べ三七本も創作されている。

子どもはおなじ作品を嫌う。半年、一年前でも、しっかり記憶している。関雄一が島々で一通り演じると、一点ものは使えず、ゆみ恵も承諾のうえで、かれがなじみの「絵元」に売りわたす。その収入が登楼の費用にあてられていた。その売値が聞かされるたびに、ゆみ恵はプロ脚本家に似た心地よさをおぼえていた。

関雄一が登楼する日は、ゆみ恵から脚本を渡す日であり、その場で批評も聞けた。その上、前月に渡した脚本が、関雄一のお眼鏡にかなうと、紙芝居になってみられる。心地よい上質のお客さまが来る日だった。

さらに、その日はおちょろ舟にも乗らず、張見世《はりみせ》にもでず、座敷女郎として二階の個室で過ごせる。

時おり、三十代の凄腕《すごうで》の老妓《ろうぎ》から、

「この商売はね、男に惚《ほ》れたらだめよ。虚《むな》しくなるわよ。だいいち紙芝居屋は子ども相手で、木戸銭《きどせん》がひとり五円でしょう。そんな稼ぎだと、あんたの身請《みう》け話などはとうていムリ。かいしようのない男に、惚れないことよ」

と忠告される。

「わたしには白い夕顔があるから、だれも身請けなどしてくれない。二十七歳になるまで、ひたすら女郎でいます」

前借があっても、二十七歳になると、遊郭から解放される決まりごとになっていた。それ以上の齢で、本人が望む場合のみ老妓として雇われていた。

六月入りしたある日、ご指名よ、と言われて二階の小部屋に顔をだすと、関雄一がほほ笑んでくれた。

「逢いたかった」

畏《かしこ》まった挨拶は抜きで、ゆみ恵は勢い雄一の胸のなかに飛び込んだ。かれが両手で受けとめた。やさしく背中をなでてくれた。

(この洋服の下に、白い夕顔が咲いている。かれはいちども話題にしたことがない)

それが安心感でもあり、いつ話題になるかという不安感でもあった。

「こんかいはどんな脚本かな。楽しみだ」

「三本書きました」

「先月もらった、仙人が大崎上島に舞い降りた、という『黄金《おうごん》の杖《つえ》』の脚本がよかった。絵にしてきたよ」

ちゃぶ台の膳の片付けが終ると、

「うれしいわ。わたしも、創作したときから気に入っています……、雄一さんのまえで、厚化粧は嫌ですから、落とさせてくれますか」

ゆみ恵はちいさな鏡台のまえにむかった。

板の節目の多い天井から、裸電球が一つ。窓には水色のカーテンがつり下がる。かれは、灯りの真下にちゃぶ台をおいてから、

「ゆみ恵はいま十九歳だよね。化粧がない方が好きだな。若いひとの素顔はすてきだ」

「鏡越しにも、そんなに顔を見つめられたら、恥ずかしい」

「ゆみ恵は心優しいな。清楚《せいそ》な美しさがある。金満家《きんまんか》に浚《さら》われないかと、それだけは心配だけれどね」

（原爆病もちだとわかれば、こわくて子どもは産めないし、夫婦として敬遠される。雄一さんはどうかしら？）

化粧落としが終ると、雄一が「黄金の杖」の絵を一枚ずつみせてくれた。画用紙に走るクレヨンは大胆にして、かつ色彩豊かに色づけされていた。

「素敵な絵ね」

「脚本が良いから、主人公の仙人や脇役もおもいどおりに描けた」

画用紙はうす板に一枚ずつ張りつけられている。一つの島でも数か所演じるので、絵の表面は擦《す》り切れやすいらしいから、透明ニスを塗って補強がなされていた。

演者の雄一が絵を見ないでも語れるように、裏側には順送りのストーリーが書かれている。

かれはちゃぶ台に紙芝居の舞台をセットした。

「本邦初公開。先月に創作された『黄金の杖』が始まり、はじまり」

――仙人が大崎上島を旅していた。朝のうちから仙人は、今晩、厄介《やっかい》になる宿はどこぞあるかな、と探しはじめた。最初は、嘘つき名人の家に立ち寄ってみた」

さっと一枚の絵を引きぬいた。

――わしは、いま豪勢な宿屋を建てておる。もう完成が間近《まぢか》じゃ。あしたなら開店祝いで、無料《ただ》で泊めてやれたのに。豪華な膳つきで。きょうは残念ながら、未完成で泊めてやれん。大工のじゃまになるしの。

雄一が口先で、太鼓を打つ。

――二番目は盗人の家に立ち寄った。おまえは見たところ貧乏仙人じゃ、寝入ったときに盗る物がなにもなさそうだ。だから泊めてやれぬ、帰った、帰った。この自慢の杖なら、如何でござる、と仙人はおもむろに見せた。おかしなことを言う貧乏仙人じゃな。そんな枝は、神峰山《かみのみねやま》にいけば、盗りきれんくらい茂っておる、そんな杖は銭にならんで、帰ってくれ。

雄一の顔があえて煙たがった表情で、片手で仙人を追い払うゼスチャーをする。

――三番目は、偉い坊さまがいるお寺に立ち寄った。泊めてあげたいのは山々だがの、昨晩、本堂のろうそくが倒れて、ボヤ騒ぎが起きてしもうた。地元の警察と消防がいま捜査ちゅうで、本堂も庫裡《くり》も立入禁止じゃ、悪いですのう、と体《てい》よく断わられてしまった。

――こまったな、もう昼もすぎた。ここなら大丈夫だろう、と仙人は名医の家に出むいた。この港町にはえろう悪い疫痢《えきり》が流行《はや》っておる。この町に泊まらんで、早よう島から立ち去ったほうが、そなたの身の安全のためじゃ。

かれが一枚の絵をさっと引き抜く。

——人間は「泊めたくない」と本音は言わないものだな、と仙人はぼやきながら、こんどは神峰山のすそ野に住む、お金持ちの爺さん・婆さんの家を訪ねた。有名なケチらしい。仙人さまを泊めれば、便所がつかわれる。汲取《くみと》り代がかかるけんの。うちは先祖代々、ここ百数十年、他人は家に泊めたことがないんよ。わしを恨《うら》まんでな。先祖さまからの家訓《かくん》じゃ。

——どこも冷たく断わる。

紙芝居師が一枚、また一枚とめくる。その速さには緩急《かんきゅう》があった。

——たった一晩の宿泊がこうも厄介なものか、と仙人はなげいた。目のまえにあった床屋さんに入ってみた。主人《あるじ》が剃刀《かみそり》を研ぎながら、あんたの長いアゴヒゲを剃《そ》ってあげようかの。

仙人は結構、けっこう、とこちらから断わった。

——美貌《びぼう》の新婚の奥さんが一貫目《いっかんめ》桟橋で、いってらっしゃい、と旅にでる夫を見送っていた。一晩の宿を提供してもらいたいのじゃと言うと、わたしは人妻です、愛する夫に誤解されて、離婚騒動が起きると大変です。悪《あ》しからず。

——つぎは、早とちりで有名な船大工の家を訪ねた。寝床は狭くても良いけれど、と仙人が言いかけると、一隻や二隻の船室なら、かんたんに造れるけどよ、一人住まいの一軒家は請け負いかねる。ほかの棟梁《とうりょう》をあたってみてくんな、とにべもなく断わられた。

どの顔も親切ぶっているが、腹の底は逆だ、と雄一がなげく表情をした。

――仙人は杖を上下にふり、黄金の小判を一〇枚ばかり取りだした。夕日にぴかっとかがやいた。金の光に誘われた盗人、お坊さん、お医者さん、お金持ちのお年寄り、床屋さん、新婚さん、船大工らが次つぎに駆けよってきた。どうぞ遠慮なく、お泊りくださいと袖《そで》をひく。

――人間って、手のひらを反す動物よの。

――この騒ぎで、警官がやってきた。拾った小判を宿銭《やどせん》にするとは不届き者なり、取り調べるから本署までこい。仙人は留置場《りゅうちじょう》泊まりになった。

雄一が口先で、ドンドンドンと太鼓をたたく。

「このつづきは、また明日」

ゆみ恵は笑いながら、そう言って手をたたいた。


来月もかならず来るからね。その約束を交わしてくれたにも関わらず、初秋の風が吹いても、〈関《せき》ちゃんの紙芝居〉は木江港に現われなかった。きょうか、明日かと気をもむが、晩秋が過ぎていく。関雄一から山代屋に電話の一つも入っていないようだ。やり手婆あのウメはウソをつくけれど、女将《おかみ》の美代も電話を受けていないという。

「雄一さんだけは、ほかのお客とはちがう」

そう信じて疑わなかったけれど、日が経つほどに、二十歳になったゆみ恵のこころのときめきが薄らぎ、失望に変わっていく。大晦日《おおみそか》、年が明けても、ハガキ一枚すら自分宛てにはとどかず、彼女のもどかしさはつのるばかりであった。

「病気なのかしら、転職したのかしら。あの方の登楼は、ただ女郎のシナリオほしさだけだったのね」

神峰山のすそ野の梅林には、白い花が咲く。山代屋の三階の窓から、それらの情景を見つめたり、紙芝居の脚本を書いたりする。

「……、仕上がった脚本が雄一さんに見てもらえる、心がときめく、あの感動はもう過去のものなのね」

桜の大樹が青空の下で、五分咲き、七分咲き、満開へと数日ごとに移りゆく。やがて、潮風で散り花吹雪が、海面で舞う。

三階の大部屋の窓際で、彼女は本を開いても、目が文字を追うけれど、頭のなかには入ってこない。少年向けの冒険ものを書いてみた。講評をもらえる相手がいないとなると、作品が平板で、筆の力が弱い。

「雄一さんがいない心は、もう透き間だらけです。桜が咲いても、わびしい風が吹いています。こんな脚本は紙芝居をみる子どもが喜ぶでしょうか」

冒険ものの脚本の片すみに、そう書きこんだ。

「雄一さんには巡り会わない方がよかった。読んではもらえない脚本を書きつづける。孤独がこんなにも切なく、つらいものだなんて」

湿っぽくなった目で、窓下の海面をみると、淡い紅色の花筏《はないかだ》が速い潮でながされている。波止場に係留《けいりゅう》されたおちょろ舟の屋形のうえにも、花弁が白っぽく積もる。

「桜の花を散らす風を恨《うら》むよりも、こころを突きぬけた貴方を憎みます」

とりもなおさず今日を生きる。

「人間の弱さなのね。夜ごと、沖女郎として船員をあいてにすれば、口先上手な男に絆《ほだ》されそうになります。あなたへの恋心はもう古傷なのね」

彼女の吐息は止まなかった。


四月の激しい突風が、明け方から夜半まで吹いた。港内の海が荒れ、夕方のおちょろ舟は出なかった。そんな翌朝はひさしぶりの熟睡で、ゆみ恵は寝起きから、からだの調子が良かった。

粗末な造作の食堂で遅い朝食を食べおえると、本を借りに戸外にでた。

木々の揺れ方には嵐の余波《なご》りがあった。公民館で本を借りたゆみ恵は、風をまき込むロングスカートの裾を本で抑えながら、映画館の方角にむかった。昭栄館《しょうえいかん》の立て看板には、時代劇映画など三本立てポスターが張られていた。

入場券窓口にちかい陳列ケースには、予告映画のスチール写真がならぶ。この島の上映は、映画制作の年月よりも、ほぼ半年遅れだった。役者たちの名場面は、船員にもらった雑誌で、すでに知っていた。

前年の昭和二八（一九五三）年に制作された、数寄屋橋にたたずむ真知子『君の名は・第2部』、総天然色の『地獄門』、老夫婦が尾道から東京に上京してきた『東京物語』だった。

東京に生まれ育ったゆみ恵は、複雑な想いで見つめていた。

家族は昭和二〇年の原爆投下の大惨事で、またたくまに消えてしまった。あれから九年ちかくの歳月が経った。ひとり取り残された自分が、まさか瀬戸内の離島で娼婦の青春を過ごすとは、夢にすらおもわなかった。

「戦争って、酷《こく》ね」

そんな鬱屈《うっくつ》した気持ちで、映画の写真に見入っていた。

「お姐ちゃん」と呼ばれて、ふり向くと、ガキ大将のマー君だった。いまは小学四年生のはずだ。

「わしに〈関《せき》ちゃんの紙芝居〉をみたら、教えて、と言っておったよな」

少年は見るからに、気性が強そうだった。

「もういいの。一〇か月も顔をださないひとは、お客さんじゃないから」

「もう、ええんか。せっかく居場所をおしえてやろうと、おもったのに。ちぇっ」

「待って。どこにいるの?」

「光本医院だよ」

「ほんとうなの。この町の病院にいるのね……」

「嘘なんか、言うか」

おととい(嵐の前日)、この映画館の近くの広場で、〈関ちゃんの紙芝居〉が月光仮面を演じていた。「次回の楽しみ」と言いかけて青い顔して、舞台の自転車ごと地面に倒れたという。

ちかくの造船所の工員たちに呼びかけて、五、六人の手で光本病院に運んでもらったとマー君があらましの経緯を語ってくれた。

「きょうも、病院の横に、〈関ちゃんの紙芝居〉の自転車があったから、まだおるとおもうよ」

少年にお礼を言うと、彼女はこころを取り乱したかのように急いだ。マー君が家来六、七人を連れて後ろからついてくる。

——見世《みせ》の外で、客に会ってはいけない。

女郎が病院に見舞うとなると、掟破《おきてやぶ》りになる。

「それでも、雄一さんに会いたい」

木江小学校の校門まえの角を曲がった。川の小橋をわたる。神峰山への登山口ちかくには、白く古風な建築の医院があった。たしかに、紙芝居の舞台をくりつけた自転車があった。光本病院の玄関は、木製の引き戸だった。

「紙芝居師が、こちらの病院にかかっていませんか」

「関雄一さんですか。面会謝絶です」

中年の受付女性は、ひとことで切り捨てた。

「そんなに具合が悪いのですか」

「先生に訊いてもらわないと、受付ではお応えしかねます。身内のお方ですか」

「いいえ。知合いていどです」

と言うと、受付嬢の視線が外れ、処方箋《しょほうせん》の薬棚にながれた。困惑《こんわく》したゆみ恵は、一階の「診察室」のドア上の表示板をみた。

七十代くらいの眼鏡をかけた男性が、『待合室』で、受付でのやり取りをみていたらしく、こちらに近寄ってきた。

「お知り合いですかの、関雄一さん、と。わしは民生委員の富士原です」

白髪のかれは、眼鏡のフレームの上から、ゆみ恵の顔をのぞき見た。

「はい。〈関ちゃんの紙芝居〉の原作、脚本を書いていました。このところ音さたがなかったので、案じていました」

山代屋の女郎だと明かさなくても、相手はわかっているようだ。

「わしは日に二、三度は容態をみにきておる。それに、関雄一さんの身寄りを探しておった」

「容態はいかがですか」

「わしが婦長に話すけん、若先生から直接、病状を聞かれたほうがよい」

ぜひとも、お願いします、とゆみ恵は上履きの茶色いスリッパをはいた。

消毒液の臭いがつよい診察室で、四十代半ばの若先生と向かいあった。富士原がまず患者と伊沢ゆみ恵のつながりを語った。

白血球の数字が異常に高いと医師からおしえられた。

「すると、関雄一さんは被爆者でしょうか」

「そうです」

おなじ原爆病だったのかとおもうと、ゆみ恵のこころははげしく動揺した。

「輸血以外、特別な治療方法はないし。患者のからだの衰弱《すいじゃく》が激しく、これ以上、持ち応えさせるのは難儀《なんぎ》です。奇跡《きせき》でも起きないかぎり、ムリです」

「そんなにも重態ですか」

震えあがるほどの戦慄《せんりつ》が、ゆみ恵のからだのなかを突きぬけた。

「面会させるなら、口が利けるうちの方が良《い》いでしょう。紙芝居師と脚本家の間がらなら、面会といわず、付き添われても良いよ。病院としても、助かるし」

入院したお客の付き添いなど、逆立ちしても、山代屋の楼主《ろうしゅ》は許さないだろう。

「……。先生に不謹慎《ふきんしん》な質問ですが、回復しての退院は、ほんとうに奇跡以外に望めないのですか」

「最善をつくしても、あと三日が最大の延命《えんめい》かな、危篤《きとく》状態だと診《み》ています」

彼女はこの場の質問を失なってしまった。ひとまず医師にはお礼を言い、診察室をあとにした。

関雄一の病室は二階だという。民生委員に案内されたゆみ恵は、階段を上がりはじめた。

「患者は原爆手帳をもっておるけんの、入院、治療費はすべて国の負担じゃ。当人は無償で輸血もうけられる」

ゆみ恵は自分もその手帳を持っているが、あえて口にしなかった。

「この二〇三号室よ。ふたりで話された方がええでしょう。わしはいったん自宅《いえ》にもどりますけん」

民生委員の富士原は、男女の関係を悟《さと》った態度であった。

謝意《しゃい》を述べてから、ゆみ恵は木製の引戸を開けた。ベッドが六か所きゅうくつげにならぶ。窓際のベッドの男性は、ほほの肉が落ちて、目がくぼみ、辛《つら》そうに呼吸している。点滴《てんてき》をうける患者は、まぎれもなく関雄一だった。

「わかりますか。ゆみ恵です」

「……、見舞いにきてくれたのだね」

やせて頬骨《ほおぼね》がとびだし、両目ばかりが大きくみえた。

「逢いたかったです、とても。一〇か月もお見えにならないし、音信もないし、もう嫌われたかとおもっていました」

「嫌うわけがない」

かれがことばを発するたびに、白い掛布団の胸もとがおおきく波打つ。

「ボクはあれから体調が思わしくなくて、呉の労災病院に入院していた」

「入院されたと、手紙の一つくらいはほしかったです」

「手紙が遊郭の検閲《けんえつ》に引っかかると、ゆみ恵は逆境に立たされる。それで止めた」

病臥《びょうが》の容体はよくないが、意識は殊《こと》のほかしっかりしていた。

「そんな気づかいがあったのですね」

「……、ことしの春先には、やや健康をとりもどせた。退院の許しを得て、紙芝居師として島々をまわりはじめた。ただ、山代屋に登楼する、お金の余裕はなかった。だから、あえて大崎上島は外していた」

重態にもかかわらず、ことばの一つひとつが明瞭だった。精神力のつよい人だ、とゆみ恵は再認識させられた。

「ところが先月末に、うかつにも風邪を引いてしまい、急に体調が悪化した。命があるうちに、岸からおちょろ舟に乗る姿でもいい、ゆみ恵の姿をひと目みようと、大崎上島にやってきた」

かれは時おり、顔が引きつるほどの疼痛《とうつう》におそわれている感じだった。

「そこまでして、会いに来てくださったのに、恨《うら》んでいたとは、ごめんなさい」

彼女は頭を下げて詫《わ》びた。

「……。矢弓《やゆみ》に安い宿をとってから、嵐の前日、自転車を押して峠越えして、なつかしい木江港にきた。自転車を押すのがやっとだった。子どものまえで紙芝居を演じているうちに倒れてしまった」

「ムリされたのですね」

ゆみ恵はおもわず両方の手のひらで、関雄一の顔をなでた。こんなにも、やせて、と気の毒というか、切なかった。

「ボクには奇跡が起きたのだ。死ぬまえに、ゆみ恵に直接会えた」

「死ぬだなんて、そんなの嫌です」

彼女の胸の奥から耐えがたい悲しみが湧《わ》いてきた。かれが原爆病だったと、見抜けなかったところの痛みも渦巻いた。

「水を飲ませてくれるかな」

と言われて、ゆみ恵は床頭台《しょうとうだい》の「吸い口」を手にし、かれの口もとに運んだ。水が咽喉《のど》を通るたびに、喉仏《のどぼとけ》が大きくうごいた。

「もう山代屋に、帰らないといけない時間です。がんばってくださいね」

彼女は未練を残し、かれの顔に頬ずりをして、ベッドの側《そば》から離れた。

病気見舞いの許可が楼主からとれる方法はないかしら。妙手《みょうしゅ》はないかしら。彼女の頭脳《あたま》はせわしなく知恵を回転させていた。

(あの民生委員の力を借りよう)

病院の受付に、電話で富士原を呼びだしてもらった。医院の玄関先で、ゆみ恵は富士原を待った。五分ほどで、白髪の民生委員が現われた。

「どうだったかね」

「鎮痛剤が効いているのでしょうか。雄一さんの受け応えはしっかりされていました」

「薬だけじゃない。死線を潜《くぐ》ってきた人だろうな。激痛で顔を歪《ゆが》めても、わしの問いかけには、ていねいに応える。なみの精神力じゃない」

「わたしがお世話できるように、山代屋の楼主《あるじ》にかけ合っていただけませんか。『あと三日間が最大の延命かな』と先生は仰っていましたし」

「それは難儀な、相談じゃな」

「ごムリは承知のうえのお願いです。身寄りのない紙芝居師に、脚本家として尽《つ》くしてあげたいのです」

「あいては女郎屋だからの、一筋縄《ひとすじなわ》とはいかん」

「楼主と対等にお話しができる方、たとえば町会議員さんのお力をお借りするとか……。ただ、わたしには謝礼のお金はありません」

「これはお金の問題じゃない」

ゆみ恵は無言で富士原の顔を見つめ、次のことばを待った。

「やってみよう。残り少ないいのちだ。押しのつよい議員に動いてもらおう。早い方がええな。今晩か、あしたには山代屋に行って、話をつけてもらう」

それに託《たく》したゆみ恵は、急ぎ女郎屋に帰り、夜化粧をしておちょろ舟に乗った。富士原は上手く進めてくれるか、と彼女は気がかりであった。

神峰山の肩にはすでに夕陽が沈み、浮雲が茜《あかね》色に染まって夕凪《ゆうなぎ》の鏡のような海面に映っていた。

「この小型タンカーは景気がよさそうだ。ひいき客をつくるとええ」

ちょろ押しが、沖女郎の五人にはげましの声がけをする。

ゆみ恵はワンピースの裾をまくり、鉄製タラップを登っていく。甲板にあがると、油の臭いが鼻を突いた。大型ウインチの真横に、五人の女がならび、吟味《ぎんみ》される。船員三人の視線が、遠慮なく顔や全身に注がれていた。酒臭い機関員が性に関する開けっぴろげな質問をしてくる。

(お茶を挽《ひ》きたくない)

ゆみ恵はつい競争心をあおられて媚《こび》を売る。

「よし、一番の美人にきめた」

骨格の太い航海士が、手を伸ばし、ゆみ恵の腕をつかんだ。彼女はほっと安堵《あんど》した。ほかの女性はおちょろ舟にもどされていく。

その航海士が案内し、ペンキの一部が剥《は》げた鉄扉《てっぴ》を開けた。船室は左右とも二段ベッドだった。カーテンはあるけれど、ほかの女郎屋の沖女郎が今夜、同室で船員たちの相手をするはず。はばからない奇声《きせい》や高声《こうしょう》を聴くことになる。

それは檻《おり》のなかの動物とおなじで、人間らしさを失う。しかし、船員にたいして不服従な態度はとれない掟だった。

「俺のベッドはこっちの下段だ。まずは酒を飲むか。つまみは佃煮《つくだに》と漬物がある」

「旦那さま、一夜妻ですから、さきに洗濯をさせてください。気持ちが落ち着きませんから。ベッドはあとでゆっくり、と」

「そうか。いま、汚れものを出すからな」

船尾の流し場で、ゆみ恵はタンクの節水につとめながら、洗濯石けんで船員の作業着、下着、手ぬぐいなどを洗いはじめた。船の真水は港で購入するので、すすぎ洗いは少量で気をつかう。

この船内でこんな時間をつかわず、光本病院で関雄一の看病がしたい。こころの奥から、それを切望する気持ちが湧きあがった。ところで、富士原民生委員はうまくことを運んでくれているかしら。いまはそれが気がかりで、陸上にもどり連絡をとってみたい心境だった。

航海士が背後から近寄ってきた。気配でわかった。

「こっちを向いて」

「こうかしら」

「ほう。器量《きりょう》は良いし、働きものらしいな。条件はそろっておるから、女房にするのはもってこいだな」

「航海士さん、お上手ね。本気にしてしまいますよ」

ゆみ恵の視線が洗濯の泡にもどると、ワンピースの背中のファスナーが割られた。

「洗濯ものを仕上げるまで、お待ちになって」

男の指先が、背中の夕顔をなではじめた。

この先のことばが予測できた。

「航海士さん、ケロイド女が嫌でしたら、この場でキャンセルされてもかまいませんよ。船舶電話で、山代屋に迎えのおちょろ舟をよこすように連絡をつけてくだされば、わたしはいっこうに構いません」

ケロイド女だと、自分から口にするのは初めての経験だった。いまはともかく陸上にもどり、こっそり民生委員に電話して、その後のようすを訊きたい。

「悪いな。どうせ一晩女を抱くなら、気持ちよく過ごしたいからな」

「おねがい。背中のファスナーは上にもどしてください」

彼女はもはや男の顔をみていなかった。

一隻のおちょろ舟が、ラッパによばれて、波止場にもどってきた。ゆみ恵は、楼主や、やり手婆あの叱責を覚悟しながら、天満遊郭街へと足をすすめた。

通りの両側の女郎屋から、三味線や太鼓の音がながれている。張見世《はりみせ》の格子の奥から女郎たちが、よってらっしゃいよ、と客を惹《ひ》く光景がまだ残っていた。この自分も今夜、山代屋の張見世にならべられる、と覚悟していた。その合間をぬって、民生委員に電話できないかしら。

彼女は細い路地に入った。山代屋の裏木戸を開ける鈴の音で、女将の美代が顔をだしてきた。

「船員からキャンセル電話が入ったとき、なんて、タイミングが良いのかしら、とおどろいたわよ」

女将の明るい表情から、ゆみ恵には関雄一の看病のことだと閃《ひらめ》いた。あえて、無言で、不可解な顔をしてみせた。

「光本病院に行って、紙芝居屋さんの看病してあげなさい」

興奮がとてつもなく身体を突きぬけた。ゆみ恵はあえて、わきあがる感慨《かんがい》を抑《おさ》えながら、

「関雄一さんが入院されているのですか」

「あら、知らなかったの」

「はい」

ゆみ恵の警戒心は、女将の美代よりも、隠れて聞き耳を立てかねないウメにあった。

「夕方七時ころね、富士原民生委員と町会議員ふたりと三人で、私邸《うち》にお見えになったの。夫がいい顔しなくてね、ちょっと厄介なもめ事になったけれど、最終的には決着したから」

「どんなふうに話しがなされたのですか」

「あら、この話はゆみ恵さんから出た、とおもっていたけれど、ちがうのね。議員さんがね、光本医院の看護師が不足していると、前置きしてから、町の行政としても、身寄りのない被爆者にたいして福祉を援《さず》ける必要がある、と言われたの。そこで紙芝居師は、山代屋の馴染み客だし、ゆみ恵さんが脚本を書いている、あなたの手を看病に貸してもらいたい、と申し出られたの」

「それならば、ぜひ看病してあげたいです」

「議員さんの話ではあと二、三日の命らしいの。町としても精一杯の世話を尽くせば、こんごの原爆病患者への援助・救助のよい事例につながる、というの。わたしも側《そば》で聴いていて、同感だったの。夫は頭から反対よ」

――女郎の色恋はご法度《はっと》の世界だ。身を売るゆみ恵が顔見知りの男の看病をすれば、情が移り、客しごとに身が入らなくなる。病人の世話なら、なにも女郎でなくても、下働きの婆さんでもよかろう。

一二三《ひふみ》が突き放した。

――あなた。これは人の道よ。色恋じゃないわ。病院の手が足りていないというし、三日間くらいは看病してあげるべきよ。患者はたいせつなお客さんでしょう。

――いいか。ゆみ恵は背中に白い夕顔が咲いておるんだ。同病相哀《あいあわ》れむ、というだろう。原爆病に同情して、後追い自殺されても困る。この世には病苦《びょうく》のつれ添い自殺は多いし。

――わたしが責任をもつわ。

——どんな責任だ？

——もし連れ添い自殺したら、わたしがゆみ恵姐さんの前借を背負って、沖女郎になってあげる。おちょろ舟で沖に出てあげる。

——ばかな、いい加減にしろ。おまえの実家は元華族だ。そんなことが知れたらどうする。わしは口が裂けても、事のはずみで、女房の美代を女郎にしたと、義理の父母《おや》に言えるか。

——わたしは本気よ。明治維新で武士社会が消えたときには、奥方や娘が身売りされたわ。

——勝手にしろ。

「こんなやり取りだったの。ぶ然として口を利かない夫のまえで、町の議員さんとは、こう約束したの。看病は三日間、葬儀は半日として、ゆみ恵姐さんを出させてもらいます、協力します、とわたしが約束したの」

「女将さんが女郎になるとまで、言ってくださって。うれしいです」

胸を打たれたゆみ恵は、ことばが途絶《とだ》え、安堵《あんど》とともに涙が落ちた。

「病院に、はやく行ってあげなさい。後追い自殺しないでちょうだいね」

「女将さんを裏切りません」

伊沢ゆみ恵は三階の部屋で、涙が一条ながれた厚化粧を落とし、質素なスカートとブラウス姿に着替えてから、光本病院の病棟に出むいた。もはや午後九時過ぎだった。二階の病室は消灯されていた。窓の月明りで、点滴を受ける関雄一の顔が確認できた。

「寝ているのかしら」

耳を澄《す》ませば、痛みからか、うめき声が聞こえる。彼女は椅子に腰かけて、掛布団のなかに手を入れて、身体をさすった。かれの目は点滴を見つめていた。

真夜中に、かれが排尿《はいにょう》を訴えたので、尿瓶《しびん》で処理をした。看護師だと思っているらしい。

夜が明けた。体温計が配られてきたので、ゆみ恵はかれの浴衣を拡げた。肋骨《ろっこつ》が標本のように浮き上がる。体温計を腋《わき》の下に入れると、かれが目覚めた。

「朝のご気分はいかがですか」

「えっ、ボクはもうあの世に来たのかな。ゆみ恵が側にいる」

髭面《ひげづら》の雄一の顔には、信じられない表情がうかんでいた。

「きのうの晩から、ここにいましたよ」

「遊郭から逃げてきた?」

「いいえ。三日間の介護が許されたのです」

「まるで、奇跡がおきた心境だよ」

紙芝居で演じる声量の五分の一くらいだった。

配膳《はいぜん》がきたので、彼女は受け取りに廊下にでた。朝食は粥《かゆ》と野菜と牛乳だった。彼女はスプーンで、すこしずつかれの口に運んだ。牛乳はガラス製の吸い飲みに入れた。ここに入院してから、いちばん量を食べたとはなす。

「どこで、被ばくされたのですか」

関雄一は口を閉じて、黙って天井をみていた。語るべきか否か。その判断を自分にもとめて思慮していようだ。

「ゆみ恵に、ぼくの人生を語ろう。けさは体調が良《い》いし。……。ボクは子どものころ軍国少年だった。政治家や軍人が立派なひとだとおもっていた」

かれは広島高等師範付属中学から、江田島の海軍兵学校に入学した。親きょうだいは自慢の子だ、と誇《ほこ》らしげだった。むろん、自分も祖国のために命をかけるのだと勇んでいた。なんの疑いもなく、それが正義だと考えていた。

かれが海軍兵学校を卒業して旧帝国海軍に勤務したのは、昭和一五年で開戦の前年だった。軍艦・榛名《はるな》に乗船した。マレー沖海戦、インド洋作戦、ミッドウェイ海戦まで同艦だった。雄一は中尉になり、榛名から巡洋艦《じゅんようかん》に勤務が移った。

ソロモン海戦、レイテ沖の海戦に出撃した。艦が沈められたが、奇跡的に助かった。さらに大《だい》尉《い》となり、昭和二〇年三月、水雷《すいらい》戦隊司令として駆逐艦《くちくかん》に乗船した。出港してから、八丈島沖にさしかかると、敵潜水艦の魚雷《ぎょらい》が、船首に命中してしまった。船内の火薬庫が大音響で爆発した。

大尉は甲板から白い波頭のうえに投げだされた。艦はたちまち船尾から沈没し、ほとんどの海兵が渦巻く海底へとのみこまれていった。

血の臭いで、サメの大群が襲いかかってきた。海兵たちの頭部、四肢《しし》が食いちぎられる。白い波頭が赤い血で染まった。カッターに乗り移れた海兵以外は、サメの餌食《えじき》になってしまった。

「最後にカッターに引き揚げられたボクは、いちどもサメに食いつかれなかった。サメの嫌いな体臭でもあったのかな。一七人しか生き残れなかった。真っ先に死んでもよい司令官のボクが、生き残った。つよい自己嫌悪に陥った」

関雄一大尉は全身打撲で、横須賀海軍病院に入院した。約三か月間にわたる治療をうけた。やがて、自宅療養の身となった。家族は広島にいるけれど、次の命令にそなえて、久里浜の民宿を借りていた。

「水を飲まれますか」

彼の唇が乾燥していた。

「からだを起こしてほしい。腰や背中が痛い」

「床ずれができているのね」

ゆみ恵は両手をかれの背中の下にさし込み、上半身を持ちあげた。そして、ガラス製の吸い飲みをかれの口にさしむけた。喉仏《のどぼとけ》を上下にうごかし、美味しそうに飲みこんでいた。

「急《せ》き込まず、お話しくださいね」

「八月六日に、軍都の広島に新型爆弾が落ちたときいた」

妻子や身内を案じた関大尉は、混雑した汽車に乗って広島へむかった。車窓から名古屋、大坂の焦土となった惨事《さんじ》をみた。さらなる広島の大惨事をみて愕然《がくぜん》とした。空恐ろしい廃墟《はいきょ》と死臭《ししゅう》と遺体を焼く黒煙がたなびく、荒涼《こうりょう》とした焦土《しょうど》だった。

「それは地獄の光景だった」

（わたしも、そのなかにいた）

彼女はこころでつぶやくだけで、口には出さなかった。

「軍人として、わが祖国を守れなかった、という屈辱を感じた。ボクは残留放射能の知識もなく、ひたすら身内や親戚筋をさがしまわった。妻と二人の子どもは爆心地にちかく袋町《ふくろまち》に住んでいたので、探しきれなかった」

点滴をとりかえにきた看護師が血圧を測る。数値を言い残していた。

「昭和二〇年、二一年と国民は飢餓《きが》の状態に陥った。食べるものがない。それは悲しく、つらい社会だ。ボクたち日本軍が米英に敗れ、日本人の安全と生活を守りきれなかったからだと、信じて疑わなかった」

ゆみ恵は父親の話をおもいうかべた。戦争をみる角度がまるでちがう、とおもった。

「しかし、世のなかの見方はちがっていた。『負けてよかった。軍人政治がなくなった、民主主義になれるのだ』と敗戦までも讃美《さんび》された。『子どもが大きくなっても、もう戦争に取られない』と婦人が喜んでいた。外国と戦ったことが正義でなく、悪だったという風潮になった。元軍人は国民に白い目で見られはじめた。自分の人生の柱が根本からハンマーでたたき壊された」

若先生の回診があった。彼女は廊下で待機した。病室から出てきた医師が、きょうはずいぶん血色が良いね、とおどろいていた。こころのケアーは大切だな、とひとこと添えてから、となりの病室に入っていった。

医師の回診のあとも、かれは語りつづけた。

――進駐軍、GHQから発信される情報、東京裁判の報道などから、太平洋戦争の真相が世にでてきた。

「祖国のためと戦ってきた。その祖国とはなにか、とボクなりに考えてみた」

日清戦争、日露戦争から太平洋戦争まで、約五〇年にわたり、日本は朝鮮、中国、アジア諸国を領土として拡大してきた。開戦当初は、祖国のために戦う、という国策は、外国から奪った侵略地の利権を守るものだった。

「祖国のために戦う。それは軍人政治家たちが利用した、まやかしだった」

戦後、それら軍人政治家は責任を取らず、政治の舞台から退場していった。元将校《しょうこう》たちは闇市場で金儲けする。旧軍隊の備品を横流しする。米軍と手を組んだ新興成金《しんこうなりきん》が、大手を振って闊歩《かっぽ》しはじめていた。

そんな生き方はやりたくない。

「敗戦の挫折感のなかで、ボクはなにができるか、と考えた」

ひとたび日本軍が解散し、軍人の立場を外れてみると、過去の隠されていた情報操作が自分の胸を切り裂いた。

かつて子どもは軍国少年として、教育勅語、忠君愛国の国定教科書の修身《しゅうしん》という、国の規格の押し付けのなかで育ってきた。むろん、自分もそうだった。

戦後になって真相を聞けば、日本は満州事変をでっち上げて、国際連盟を脱退し、日独伊の三国同盟を結び、国内はひどい思想規制になったという。

小学校の先生が生徒らに、非戦や平和をかたれば、それだけでアカだと言い、憲兵に逮捕されて投獄される。教師は国定教科書の範囲内でしか、教えてはならぬ、とされた。農民の子、漁師の子、町人の子らが、学校で学ぶことは、大人になれば、お国のためにいのちをささげよ、と死の修身教育を授《さず》かることだった。

家族が夕食の場で、親が政治批判や非戦論をかたれば、壁一つの隣家の耳に入れば、それだけでも治安維持法《ちあんいじほう》で「国賊《こくぞく》」呼ばわりされた。日本人どうしが相互不信に陥った。「見ざる、聞かざる、言わざる」が一般人の認識となった。

民にとって徴兵《ちょうへい》検査の甲種合格は喜びではなかった。それは早々と徴兵で軍隊に取られて、いのちを落とす、余命の短さを意味した。軍隊に入れば、「名誉の戦死」をたたきこまれる。いのちを惜《お》しんではならない。兵士が鉄砲玉の標的になっても、それは国のためだった。赤紙ひとつで、いくらでも補充がつく、という考え方でもあった。

「戦争に取られる」。それは人間のいのちは一回だけなのに、国家にそのいのちを取られることだった。大人になった女は、人的資源をつくれ、男を産めよ、増やせよ、と子宮を鉄砲玉の製造機とおなじ扱いにおいた。子どもを産み、育てる、母親の本来の愛情すらも奪ってしまった。わが子は学校教育で軍国少年になり、若き兵隊としていのちを散らした。

ミッドウェイ海戦は散々な敗北だったと、関雄一はみずからが知る。しかし、国内では「勝った、勝った」とウソの情報を流し、若き少年たちを勝利に酔《よ》わせていた。

りっぱな軍服を着た政治家たちは、敗戦濃厚と察知《さっち》すれば、外交的手段で満州やアジアの占領地から撤退する勇気が必要であった。

「国の為政者は人民の幸せのためにあるもの。人民が政治に従うものではない」

これは明治の三傑の木戸孝允のことばだ。
（鞍馬天狗のモデルになった人ね）
彼女はこころのなかで、つぶやいた。

昭和の軍人政治家たちは偉そうな虚勢《きょせい》を張っていたが、亡国《ぼうこく》回避への大胆な撤退が決断できない弱い人間たちだった。その弱さを隠すために、特攻隊を編成し、本土決戦を口にした。だれもが政治家に反論・反抗できない世相をつくり、有能な若者のいのちを無残に散らしてしまった。昭和二〇年に、欧米の占領軍が日本を統治した。

国民はバカでなかった。こんな国家運営の政治家だと、負けてよかったという声がごく自然に庶民から出てきた。諸悪《しょあく》の根源の最大の一つは、軍国少年をつくったことだった。

「子どもは国の将来の財産だ。軍国少年をつくったらダメだ。それを戦後のボクの生き方の原点とした。非戦教育をほどこすほど、元手の資金はないけれど、紙芝居という手段がある。これだとおもった。紙芝居をとおして、戦争をしない国づくりを教えてあげようときめた」

当初は、一点もので、ボク自身が絵を画き、広島のおぞましい原爆の惨事を紙芝居で演じた。子どもたちは気色悪いと言い、逃げていく。次はあつまってこない。考えてみれば、大惨事から平和を知らしめる、というのは大人の考えの押し付けだった。

子どもらは貧しくても、自分なりの創意工夫で遊び方を見つける。その遊びをいっとき放棄してでも、なぜ紙芝居をみるのか。子どもたちはワクワク、ドキドキする、愉しめる紙芝居を楽しみたいからだ。

「この場、この場を楽しませてあげることだった」

男子はヒーローを求める。鞍馬天狗など、武士の戦いものには抵抗があった。しかし、子どもは大好きだ。そうか、「いのちの大切さ」が戦争をしない国づくりの原点だ。紙芝居のジャンルを問わず、基本テーマを「いのちの大切さ」にして、それを理解してもらう。それが最善だと気づいた。

「観る子どもが主役、紙芝居師は脇役。子どもは愉しんで、ごく自然に学べばよい」

演者として陽気に躍《おど》る、歌う、拍子木《ひょうしぎ》をたたく、太鼓や鉦《かね》を打ち鳴らす。愉快な楽しい紙芝居師に徹《てっ》してきた。

観る女の子は、こころを打つ涙をながすものを好む。悲しみを盛りあげるときは、絵を一枚ずつ抜きながら、自分も本気で泣いてみせた、とかれは語る。

「親戚筋が、おまえは江田島出身なんだから、紙芝居屋などやらずに、大手会社につとめろよ、紹介するという。なぜ紙芝居の道を選択したのか、いくら説明しても理解してくれない。あれこれいう親戚筋とは縁を切った。旅先で無縁仏《むえんぼとけ》になってもいい、子どもらが待ちのぞむ紙芝居一筋に生きるぞ、といっそう決意をかためた」

（無縁仏、わたしと同じね）

彼女はつぶやいた。

「ボクは紙芝居師として、演技力はついてきたとおもう。かたや、子どものこころに深く入り込める脚本が欲しい。そんな想いをもって芸予《げいよ》の島々をまわっていた。木江《きのえ》港で、良い脚本家と巡り会えた。それが遊郭の境遇にも負けないで、脚本を書きつづけられるゆみ恵だった。幸せだった。じつに愉しかった」

「わたしにとっても、とても良い巡り会いです」

「うかつだった、去年の初秋に風邪を引くなんて……」

「風邪は万病の元といいますからね」

「そうなんだ。潜伏《せんぷく》していた高濃度の放射線が、ボクの内臓をたちまち腐敗《ふはい》させた。労災病院ではその都度、輸血してもらう。ソロモン沖、八丈島の南南東一三〇キロの地点で、戦友たちは海底に沈んでいる。ボクは生きて帰ってきて、他人の血で生きている。つらいものだな、と思っている」

息が荒くなった。容態が急変した。

「もう話さないで」

彼女の目からみても、かれのいのちが危ないと感じとれた。

「戦友たちと眠りたい。分骨《ぶんこつ》して海に散骨《さんこつ》してほしい。苦しい」

関が突如として咽喉《のど》をつまらせた。

「吐きだして」

ゆみ恵が白いちり紙を口もとにあてた。背中をたたいた。昼食のお粥《かゆ》が吐きだされた。鮮血が付着していた。

「その血がボクの人生の幕引きだ」

「そんなことありません。幕引きじゃありません」

「紙芝居の物語だと、このつづきは明日となる。人生の終焉《しゅうえん》にはつづきがない」

「あなたを失いたくない」

彼女の頰から滑ってきた涙が、紙のうえの血痰《けったん》に落ちた。色が混ざり合い、赤紫の朝顔のかたちに似る。

「迎えが来てくれた。戦友たちの顔が次つぎに現われる。いま逝《い》くぞ」

「ついていったら、ダメです。逝かないで」

ゆみ恵の声は悲鳴に近かった。

彼女は、急ぎ階下の診察室に飛び込んだ。若先生がやってきた。ちり紙の血痰をみせた。血圧の下は二五です、という数字が聞こえた。

それから二時間後だった。医師が腕時計をみた。

彼女は魂が裂けるおもいで、助けてあげてください、と手を合わせて祈った。それから三〇分と持たない命だった。

死亡時間が告げられると、ゆみ恵はベッドの関雄一のからだに顔を伏せた。身体をふるわせて嗚咽《おえつ》した。

二十四時間たった彼の棺《ひつぎ》が、初夏の昼下がり、雨降る山間の火葬場に運ばれた。だれも弔問にこない。伊沢ゆみ恵たった一人の告別式だった。傘をさした彼女は火葬場の外で待機していた。

雨なのに、風がないのか、煙突の黒煙が真っ直ぐに立ち上がる。やがて、白っぽくなった。火葬場の煙が、より空気にちかい透明色になってきた。

火葬場の制服職員が、竹箸《たけばし》で焼きあがった遺骨や遺灰《いはい》を陶器の壺《つぼ》に入れていく。この遺骨は近くにある修業庵の墓地にもちこみ、無縁仏で葬るという。

「戦友が眠る海に、ソロモン沖か、八丈島沖の海に、いつか散骨してあげたい」

彼女のつぶやきが聞こえたらしい。火葬職員がきびきびした動作で陶器のミニ骨壺を用意し、分骨にしてくれた。茶巾袋《ちゃきん》が用意された。

「念のために、分骨証明書をもっていた方がいい」

受け取った分骨の茶巾袋には温かさが感じられなかった。散骨まで手元供養《てもとくよう》をしてあげよう。

山間の細い雨の道を下りはじめた。底知れない悲しみに駆り立てられた。

――人間の寿命はだれが決めるのかしら。広島で被爆したわたしよりも、二次被曝《ひばく》の雄一さんが先に逝《い》くなんて、つらい。

雨と涙で瀬戸の海が霞《かす》む。

――ふたりは昭和二〇年を基点にして、戦前と戦後の人生がすっかり変わってしまった。あなたは島々をまわる紙芝居師、わたしはおちょろ舟に乗る女郎。ふたりの出会いが、わたしのこころの財産です。

彼女はなおも芸予の海を凝視した。かれを想うほどに孤独で、とても悲しく、寂しいおもいにとらわれた。

――わたしは後追い自殺はしません。元海軍大尉のあなたは紙芝居で、子どもたちに「いのちの大切さ」を演じて教えてきました。わたしは自分のいのちを大切にして生きていきます。

傘の柄《え》と茶巾袋を手にする彼女だが、頬《ほほ》から顎《あご》へととめどもなく涙が流れていた。

第4章　首切り峠

大学院生の彼女は、広島空港から竹原港《たけはら》へ、さらに高速艇の連絡船で、ふたたび大崎上島《おおさきかみじま》の木江港《きのえこう》にむかった。東京からの道々に、祖父が書きつづったセピア色のノートを読み込んでいた。昭和二〇（一九四五）年八月十五日に、太平洋戦争が終結した。それで戦争が終わったわけではない。戦後こそが庶民を最も苦しめた。どん底の生活だった。その素材の宝庫が、大崎上島である、という認識が、彼女に生まれていた。

戦争といえば、とかく政治、軍事、戦略、爆撃をうけた戦禍《せんか》などが前面で報じられる。戦後の社会がいかなるものだったか。悲惨な世相《せそう》、格差や差別、人々の精神的な苦しみ、それに目を当てなければ、戦争自体を語ることにはならないとおもう。

「戦争は勝った、負けたじゃないわ。終戦、それで戦争が終わったことにならない」

彼女の頭のなかで、庶民からみた戦争を考える思慮《しりょ》が中心に坐りはじめていた。昭和二〇年代の祖父の日記には、首切り反対デモ、原水爆禁止という新聞記事の抜粋が躍《おど》っていた。それらは世相を知るうえで、役立った。

「現代を知るには、歴史を知らなければならない」

彼女が学ぶ大学院・博士課程の教授の口癖だった。それが脳裏を過《よぎ》った。

「大崎上島って、もっと溯《さかのぼ》ってどんな歴史があるのかしら」

彼女の素朴な疑問が、中学教員としての祖父のなかにもあったようだ。週末の休みを利用して、神峰山《かみのみねやま》の民話や、伝説をさがしあるいている。大崎上島の神峰山と、宮島の弥山《みせん》とが結びついている。

「ふたつの島にはともに厳島《いつくしま》神社がある。それに、有名な宮島の『管弦祭』と、さして知られていない『きのえの十七夜祭《じゅうひちやさい》』は数百年も同一日（陰暦七月十七日）に開催されている」

神話だから架空《かくう》の物語だ、と全面的に否定できないと祖父は感じていたようだ。祖父が遺《のこ》したノートには、神話がいくつか拾われている。彼女は、それにも興味をもった。

「厳島明神《みょうじん》さまが、神峰山に降り立った。しかし、あおぎみると、宮島の弥山《みせん》が扇のぶんだけ高かったから、大崎上島から船出し、ご遷座《せんざ》された」

国土地理院の計測では、神峰山が四五三メートルで、弥山五三五メートルである。標高差は微妙な違いというよりも、計測すれば、かなり違う。だから、事実無根《じじつむこん》、とも言いきれない。

人間の目は錯覚も起こすし、目視《もくし》の上下距離は曖昧《あいまい》である。双方に舟を漕《こ》いでいき、海上から山稜《やま》をみたところ、山頂は扇の高さの差だった。これは責められるものではない。

「明神さまが神峰山で、キジが蛇《じゃ》を食い殺す、そのようすをご覧になり、忌《い》みきらわれて、弥山に移った」

神峰山神話には、キジと蛇《へび》の登場が多いと祖父は補足している。中学二年担任の教師のとき、教え子の母親が田んぼの農作業中にマムシに噛《か》まれ、血清《けっせい》が間にあわず、死去し、葬儀に参加したとも記載されている。

　木江港の屋敷の一角で、祖父は賄付《まかないつき》の下宿をしていた。夜明け頃のキジの啼き声で目覚めたという。カラスやトンビほどではないが、キジが多いのが、祖父の認識でもあった。

　中学校で、「キジの狩猟《しゅりょう》期間は各地から、多くの猟師が島に来る。生徒は遊びで山に入って、猟銃《りょうじゅう》事故に巻き込まれないように」という生徒への生活指導要綱にたいして、都会人の祖父はおどろきの一、二行を書き残している。

「大崎上島に美しい姫がいた。愛らしい子どもが神峰山の山頂から消えていなくなった。山中をさがしていると、一羽のキジが、姫の黒髪《かみ》に糞《ふん》をひっかけて飛び去った。こんな島はもう嫌だといい、宮島の弥山に移られた」

　これに類似する神話は、生徒の大半が知っていた、と記す。

　神話の内容が類似していても、主役が厳島明神、薬師如来《やくしにょらい》、姫君、平清盛《たいらのきよもり》とちがって語られている。そこに伝承《でんしょう》という長い歳月の微妙な狂いを感じさせられる、と祖父は記す。

　神峰山の山頂にちかい鞍部《あんぶ》に「首切り峠」という地名がある。神の山にふさわしくない名まえだ。

「女郎が首を斬られたのかな」

　峠の由来《ゆらい》はなにか、と祖父は訊ねあるいている。

「中学校の先生が、伝説の犯人さがしですかいのう」

と揶揄《やゆ》されたり、

「神さまが山賊に首を刎《は》ねられたのかな」

と奇異な憶測《おくそく》もとびだしたり、いずれもあいまい過ぎた。

祖父のノートによると、伝説とか神話でなく、鎌倉時代から室町時代の出来事ではないか、と推量している。大学院生の彼女も、その「首切り峠」に興味をもった。峠で、誰かが斬首《ざんしゅ》されたのだろう。

江戸時代は役人による公的な処刑場があったはずだ。明治・大正の処刑ならば、島人の記憶に残っているだろう。

「芸予《げいよ》諸島の戦国時代、村上水軍、小早川、大内、毛利、と領地争いがあった」

首切り峠は、歴史短篇として書き残したい、と祖父は明記している。その原稿はいまだ見つからぬままだった。

木江港の天満《てんま》桟橋に降りたった大学院生の彼女は、金剛寺《こんごうじ》（旧・修業庵）の無縁仏の墓に花を手向《たむ》けてから、神峰山への登山道に入った。

つづら折りを登るほどに、瀬戸内の島々のかずが増えてくる。この多島美《たとうび》にはいつも感動させられる。伊予《いよ》がわには遠く石鎚山《いしづちやま》、そのやや手前には来島《くるしま》大橋が確認できた。彼女がたどり着いた山頂には、小さな社《やしろ》と鐘楼《しょうろう》があった。

彼女はそのつり鐘を撞《つ》いた。こころの底まで、ゴーンとひびく。祖父もこうして鐘を撞いたのかしら。戦時ちゅうの昭和一八年に金属類回収令があり、祖父が教員に赴任《ふにん》していた昭和二〇年代には、このつり鐘はなかったかもしれない。二つ、三つ、と打ち鳴らすほどに、彼女はごく自然に祖父の冥福《めいふく》を祈っていた。

山頂から中野という町にむかう稜線《りょうせん》をやや下ると、祖父のノートどおり鞍部《あんぶ》があり、そこが「首切り峠」だった。名まえからくる陰気な想像に反し、視界が広くて明るい瀬戸内の光景が立体的にながめられた。かつて村上水軍が活躍した伊予《いよ》の島々が浮上している。

祖父はこの場で、来島海峡《くるしまかいきょう》にちかい宮窪瀬戸《みやくぼせと》の能島《のしま》を根城《ねじろ》にしていた村上水軍をモチーフにした小説を考えたのだろう。

「短篇小説『首切り峠』は着想止まりならば、わたしが創作してみよう。時代は中世の南北朝がいいわ」

後醍醐《ごだいご》天皇の建武《けんむ》の中興《ちゅうこう》、そのあとの争乱《そうらん》が瀬戸内にまでおよび、双方の覇権《はけん》をあらそう合戦が、あちらこちらで頻繁《ひんぱん》に発生していた。これは歴史的な事実のようだから。

……………………

安芸国《あきのくに》の大崎上島の南面には、水軍のちいさな城があった。観音鼻《かんのんばな》に建てられた方形《ほうけい》の館《やかた》だ。その館から左手の眼下の海をのぞきみると、速い潮流が渦巻《うずま》く。海辺に見え隠れする岩礁《がんしょう》がつらなる。右手の窓からみると、ちいさな湾曲の砂地の入り江だった。

観音城の城主の大崎俊忠《としただ》は、稀代《きだい》の英雄である。本州の小早川《こばやかわ》氏にいちおう仲間入りし、与《くみ》しているけれども、独立心の意識がつよい武将だった。

能島《のしま》の村上水軍の軍団は荒々しく凶暴《きょうぼう》である。なにごとも手段を選ばないし、奇想《きそう》な攻撃をしかけてくる。時おり、大崎上島にすさまじい勢いで進撃してくる。その都度、大崎俊忠は撃退していた。

甲冑《かっちゅう》を身につけた世子《せいし》の菊一郎《きくいちろう》が、村むらの警邏《けいら》（警戒の巡回）からもどってきた。二十一歳の菊一郎は下がり目で、ゆかいな面をかぶっている顔立ちだ。本人は真面目な顔でも、眉《まゆ》は八の字に下がり、笑みを浮かべた、にやけた表情にみえてしまう。見るからに、頼りない、威厳《いげん》すら感じない武将である。

言い方を変えればで、亡き母親のお多福《たふく》そっくり。だから、菊一郎が気迫、強い決意を示しても、進撃、攻撃、防御というさなかでも、部下は締りのない顔をみて、くすくす笑っている。

「殿。わしはきょう見初《みそ》めた中野村の庄屋の千代《ちよ》を嫁にしたい。いまは十五歳だそうな。可憐《かれん》で、品が良くて、愛くるしい」

菊一郎は巡回の報告でなく、城主の父親にそんな申しでをした。

「緊張感の乏《とぼ》しい男よのう。いまは嫁を娶《めと》るどころじゃない。この城が滅びるか、生き永《なが》らえるか、その瀬戸際じゃ。瀬戸内の政治地図を考えろ」

城主の俊忠はきりっとした武将の顔立ちだった。

「わしの歳だと、嫁取りもおかしくないよのう」

「よく聴け。もしも、われらが能島の村上水軍に敗れて、旗下《きか》になれば、どうなる？　月づきの貢物《みつぎもの》が要求される。大崎上島の米穀《べいこく》の収穫量は低く、島民が食べていくのがギリギリだ。それらがことごとく搾取《さくしゅ》されるのだ。いまは徹底抗戦で、撃退するのみ。島民の生活を守るのが、余《よ》にしても、菊一郎にしても、当座の最大のつとめじゃ」

「合戦は合戦。嫁取りとは別ものよ」

「おまえは次の代をせおう世子じゃ。若殿が嫁を娶る、婚礼《こんれい》を挙げるといえば、このところの戦乱で疲弊《ひへい》した島民に、よけいな気づかいと、負担をかけさせてしまう。昨年の秋はめずらしく豊作の年だった。だが、収穫直前に、村上水軍があっちこっちに火矢《ひや》を放った。稲作が燃えるし、集落が三日間も火事になった。おおきな被害をこうむった。忘れておらぬだろう」

「わかっとる」

「この春にも、攻撃をしかけられた。海の神が大崎軍に加担してくれたから、かろうじて撃退できたのじゃ」

観音岬の周辺は明石瀬戸《あかしせと》といい、海上交通の難所《なんしょ》だった。それにも助けられて、村上水軍の船団が大潮の渦潮《うずしお》で難破したのだ。敵兵《てきへい》が陸に泳ぎつくたびに、わが城兵が斬り倒した。しかし、村上水軍のたびかさなる攻撃で、島民はかなり疲弊《ひへい》している。

「菊一郎、世子として、島のものが安心して暮らすためには、いま何をするべきか。それをよう考えるのじゃ、次の城主として」

「わしは、そればっかりを考えておる。わしが美しくて気立ての優しい嫁をもらえば、民はこころが弾《はず》んで、勢い合戦に勝利できる」

「そういう考えだから、まあ、よい。菊一郎に期待するのは親ばかかもしれない。さきの六月は、大三島の大山祇《おおやまずみ》神社の神官《しんかん》を仲介《ちゅうかい》し、村上水軍が書状をもって友好と協力をもとめてきた。言いまわしは平和的だが、それすら罠《わな》じゃ。奴らは、この大崎上島に秘かに潜伏《せんぷく》し、島民らに、寝返り工作をしておるかもしれない」

俊忠は警戒心を解《と》いていなかった。大山祇神社を介した書状のうけとりを拒否したからには、敵兵はあすにも大崎上島に攻めてこよう。

「水晶《すいしょう》の玉のような千代が、お城に嫁《き》てくれたら、良《え》えことがある、きっと」

「ええい、うるさい。村上水軍を撃退することに、頭をつかえ」

その日から毎日、菊一郎は館で城主に顔を会わせれば、嫁が欲しいという。

甘やかされて育ったのか、親の苦労は息子には通じずである。

「やっかいな息子だ。頭のなかは女しかないのか。それ以外は空っぽか。村上水軍を撃退する、もろもろの戦術を考えよ。そっちに骨を折れ」

「骨を折ったら、拙者のからだが合戦につかいものにならん」

「ばかもの。そんな冗談で、はぐらかせるな。いまは城兵《じょうへい》と、島民が一体になって、村上水軍に立ち向かう緊迫したときだ。城で婚礼など執《と》りおこなえば、島民との間で、感情のもつれが生じる。いまは民の協力がなくしては、島の防衛はできず、落城の危険性があるのじゃ」

俊忠は、自分の考えがなぜ息子に通じないのかと、苛立《いらだ》っていた。弓矢の練習で精神を統一し、汗を流し、菊一郎の嫁取りの話を頭から追い出していた。城内で顔を合わせると、早よう嫁っ子が欲しい、と言いだす。

「ほんまに、しつこい性格じゃのう。おまえのわがままが耳に飛び込むたびに、余の精神が悪くなりそうじゃ」

俊忠は苛立ってうんざり顔だった。

「いまは乱世の暗い世相じゃけん、めでたい婚礼が島びとのこころを明るくする。父上、そうおもわんか」

「おもわん」

「わしは島一番の美しい娘を嫁に欲しい」

「まぬけ。村上水軍の防禦《ぼうぎょ》に失敗したときの、島民たちの悲惨《ひさん》な地獄絵を頭のなかで、描いてみろ。もう一つ、この七月から天災のきざしだ。世子として何をやるべきか、それをよう考えてみろ」

真夏の大崎上島はカンカン照りで、雨が一滴も降っていない。日増しに田畑はひび割れ、干ばつで、とうとう餓死者《がししゃ》がでた。安全や病厄払《びょうやくばら》いの祈禱《きとう》が島内で毎日おこなわれている。

「父上が、わしの言い分を聞きおよんで、祝言を挙げてくれたら、暗い時世に、婚礼という明るい話題が島民のこころを和《なご》ませる」

「うるさい。下がっておれ」

俊忠はとうとう堪忍《かんにん》袋の緒《お》がきれて、どなりつけた。

菊一郎は館の高楼《こうろう》で、敵の侵略にたいする見張りの役が命じられた。世子として、かれは大将格だが、伊予の方角をぼーっと遠望するも、部下への采配《さいはい》などなされていなかった。

なにを問うても、そうじゃのう、と上の空で、見当ちがいな返事が多かった。

（だんだん役立たずな男になっていく。このままでは、城兵の士気《しき》にまで影響する）

城内の雰囲気が刺々《とげとげ》しくあやしくなりはじめた。そんな折り、世子の菊一郎の嫁取りに味方する重臣が出てきたのだ。

（いっそ嫁をもたせてみるか。気持ちがしゃきっとするだろう）

そう判断した俊忠は、中野村の庄屋に使いの武士をだした。


神峰山の北の山麓に、中野村の集落があった。庄屋の作兵衛《さくべえ》は、使者の出迎えで、家人、周囲からも人手を頼み、家屋の整理と清掃、炊出《たきだ》し、ご馳走《ちそう》で迎える準備で忙《せわ》しなかった。

客間には、正装した十五歳の千代《ちよ》が、父親の作兵衛とともに同席し、城の使者と向かいあった。

使者から、婚礼の申し立てがあった。

「身分がえろうちがいます。お断わりします」

なんと、父親でなく、千代がみずから発したのだ。

「まことか」

「お城の世子《せいし》さまとはいえ、にやけた男の嫁にはなりたくありません」

千代にすれば、理想の男性像と比べると、世子はあまりにも真逆の人物だった。

「無礼者。言ってよいことと、悪いことがあるぞ」

「わかっています。無礼討《ぶれいう》ちで、わたしの身が殺されようとも、お城に嫁《い》きません」

「娘では話しにならぬ。父親の庄屋はおなじ考えか」

使者の顔には激怒の表情が浮かんでいた。

「わがままに育てた娘ゆえに、礼儀《れいぎ》を知りません。よう言うて聞かせますけん、しばらく日にちを下さいまし」

予想外の展開だったのか、作兵衛が動揺していた。

「祝言に応じなければ、拙者《せっしゃ》は割腹《かっぷく》も辞せぬ。殿からのお役目だからな」

「お侍さんの割腹で、すませられませぬ。わたしも磯から潮流に身を投げます」

使いの武士は、そういう千代の顔をみて、おおきなため息をついてから、

「いまの話は、拙者の胸に押しとどめられる内容じゃない。お城に報告するぞ。それでも、良いのだな」

「けっこうです。わたしの気持ちは何年経とうとも、変わりませぬ」

「庄屋。そなたの娘の育て方に落ち度があるぞ」

憤《いきどお》る使者が刀を持って立ちあがった。母屋の外まで見送ったが、背中になお激しい怒りの表情が浮かんでいた。

「千代。大変な問題をおこしてくれたの」

「父さまが、使者にはっきり断わって下さらないから、わたしが自分で言いました」

「千代は、婚礼に夢をはぐくませる年頃よのう。しかし、物事には手順がある。いきなり武士の体面《たいめん》をつぶしてしまえば、厄介《やっかい》になる。庄屋のお役目も取り上げられるじゃろう」

数日後だった。中野村の庄屋に、お城の使いとして、別人がやってきた。

「お殿さまからの言《こと》づてじゃ。庄屋の千代はえろう利巧《りこう》だと評判らしい。そこで、若殿どのの足りない知恵を補ってくれ、と言うてじゃ」

武士にしては下手に出ている。

「身分不相応《ふそうおう》は、まちがいのもとです」

千代がまたしても、みずから断わった。怖いもの知らずの年齢だろうか。

「お殿さまのご体面をつぶすとは、なにごとだ。もう、申すことはない。ここらで、ごめんこうむる」

使者は突如として怒りのことばで立ちあがった。

「えろう、大義《たいぎ》でございましたのう」

庄屋の父親が戸外《そと》で頭をさげて見送った。

中野村をとりしきる庄屋の作兵衛と、千代とは日常生活の折り合いすら悪くなった。なにを言っても、十五歳の娘はそっぽをむく。このまま放っておくと、お殿さまの顔をつぶしてしまう。

「千代。聞いておくれ。祈禱師《きとうし》の婆さんの話だと、娘のおまえがのう、お殿さまからの申しでを断わるから、旱魃《かんばつ》、地割《じわ》れ、山くずれが起きておると言うとる。おまえが首をタテにふれば、雨が降るそうな。島の人たちのためにも、お城に嫁《とつ》いでおくれ」

「祈禱《きとう》なんて、迷信にきまっておる」

千代が口を尖《とが》らせて反発する。年頃の娘だけに、すてきな美男との出会いを期待しているのだろう。それは作兵衛にもよくわかった。

「だがのう、この島の人たちは祈禱師の婆さんを信じておる。だから、やっかいなんじゃ」

周囲の住人が、しだいに千代の態度に冷たい目をむけている。作兵衛にはそれがつよく感じとれていた。

「島の衆はな、千代が観音城に嫁《と》つげば、神峰山の神が婚礼祝いで、ええ雨を降らせてくれる、とおもうとるけん」

「占いなど、うちは信じられん」

「そんなに、はぶてた（ふてくされた）顔せんでもええ。むかしからの言い伝えで、神峰山は、婚礼好きだった、と言われておる」

こうでも言わないと、千代が納得しなかろう、と作兵衛はつくり話をきかせた。

「うち、関係ない。知らん」

気の強い娘だ。作兵衛が話すほどに、千代はムキになって拒絶する。

「みんなの幸せをねがう神さまがすむ山よ。だから、神峰山と言われておるのじゃ」

これ以上ならべたてると、おもい詰めて海に身を投げかねない年頃だ。うかつなことは言えない。日を改めようと、いったんは引き下がった。

千代は深刻に悩んでいるのだろう、食が細くなり、顔色が日増しに悪くなる。病いにならぬか、と作兵衛は案じた。それでも、お殿さまの立場を想い、さらに祈禱を信じる島民の目の鋭さから、婚礼ばなしを放置できない心境に陥った。

「千代の気持ちもわからぬでもないがのう、ご城主さまの俊忠《としただ》さまは立派なお方じゃ。夏場に、島が水不足で難儀しておれば、五か所も、六か所も、ため池を造ってくださった。島民はえろう恩を受けてきた。ただ、この夏場は過去にない日照りで、そのため池すら底がみえておる。凶作《きょうさく》の予兆《よちょう》よのう。村上水軍がいま攻めてきよったら、きょねんの奴らの放火で、兵糧《ひょうろう》の蓄積はないしのう。この島は地獄になるぞ」

庄屋の立場として、作兵衛は急いで答えを出さねばならぬ。答えは一つしかない。千代を説得するのみ。

「ひょっとこ顔で、ぼーっとした若殿の嫁なんて、嫌です」

「どがいにしても、ダメか。菊一郎さまはの、若殿の立場を鼻にかけて威張《いば》らんひとじゃ。だれにでも親しく気さくにお声をかけてくださる。多少は間が抜けておるからこそ、それで肩が凝《こ》らず、島のひとには好かれておる。人気者じゃ。悪い性格じゃない。ややこしい男よりも、よっぽどええ。人間はのう。嫌いだった相手も、ともに住んで、多少辛抱《しんぼう》すれば、生涯、別れられない伴侶《はんりょ》になるものよ」

俊忠《としただ》は城主の立場で、こうも考えた。……お城の権威《けんい》をもって中野村の娘に嫁入りを迫《せま》れば、島民との間で不信感が生じる。ここは菊一郎の逸《はや》る気持ちを抑《おさ》えて、気長く待ちの態度をとるべきだろう。

馬に乗った俊忠が東野村の方角に巡視《じゅんし》に向かった。供《とも》は五人にとどめていた。海岸沿いの外表《そとおもて》、メバル、垂水《たるみ》、白水《しろみず》、その先、矢弓《やゆみ》という集落までやってきた。亡き正室のお多福の粗末な実家に立ち寄った。老いた義母を見舞った。お多福はこころ優しい女だった。俊忠は、気性のつよい自分にない性格をお多福に感じたものだ。

「女は気持ちだ、顔じゃない、こころじゃ」

俊忠は先の城主につよく反発し、ごねにごねて、家老の手をわずらわし、貧農のお多福を娶《めと》ったのだ。菊一郎を出産後、四カ月にしてあの世に行ってしまった。もっともっとお多福を幸せにしてやりたかった。

（親子、二代にして、己《おのれ》にない性格の女を選んでおる）

馬上の俊忠の顔が苦笑に変わった。

「中野村の庄屋にまで、足を延ばすぞ」

「えっ、殿。それはどうかとおもいます。ご再考を」

供侍《ともざむらい》があわてていた。

伝令が馬を飛ばし、殿が立ち寄るとおしえた。作兵衛や村役たちが急ぎ正装して出迎えていた。

「庄屋。嫁の問題で難儀《なんぎ》させておるな。わしはそなたらも知っておるだろう。お多福を嫁にした。当時はみなして反対だった。余は夜中に、城を抜けて、矢弓《やゆみ》に来て、お多福に、自分から嫁に来てくれ、と懇願《こんがん》した。身分違いを口にするが、わしは世継《よつ》ぎを止めて百姓になる。たとえ粗末な家だろうが、お多福と所帯をもつ、と言った。この先は想像に任せる。生まれた子が菊一郎だ」

お城はあわてて婚礼の支度をしたという経緯がある。

「庄屋。いちど菊一郎とお千代とやらを膝《ひざ》を交えて、トコトン話す機会をつくってもらえぬか。会えば、こころが通うものじゃ」

「お殿さまから、そこまで申されては、お断わりなど、とんでもありません。城主さまの顔をつぶせない。千代、わかっておるな」

庄屋の視線が側《そば》にいる千代にむけられた。

「うちが嫁に行けば、円《まる》く収まるんでしょう」

彼女は、やや膨《ふく》れ面だが、この場の空気を感じ取っていた。

「庄屋。娘を強引に娶《めと》るようで、心苦しい。あとは、よろしう頼むぞ」

「ありがたきことです」

中野村の村役が揃《そろ》って平伏した。

菊一郎の婚礼の日は、古来のしきたりの儀式で、千代は絹の花嫁衣装だった。盛装する菊一郎は喜びに満ちて、はしゃいでいる。

「みなして、よう話をまとめてくれた。これで城は安泰《あんたい》じゃ。おぬしも、ようやった。苦労しながら、ようやった」

お千代に断わられた使者は、お咎《とが》めの死すらも覚悟していたが、ようやったとひと前で褒《ほ》め称えられると、悪い気はしない。菊一郎は決して、父親の城主が中野村で話をまとめたと言わなかった。それが菊一郎の人徳《じんとく》になっていた。

利口な武将の俊忠は、知らぬふりして毅然と構えていた。

巫女《みこ》が円い舞台で、雅楽《ががく》を歌い、鈴を鳴らし、舞う。その女たちは一二人ほどいた。神峰山の山頂に、やがて重い雨雲があらわれた。突然の叩きつける大雨となった。巫女たちはびしょ濡れでも、喜こんで舞う。

大崎上島には連続して雨が降りつづいた。萎《しお》れていた夏の花がいっせいに彩りよく咲いた。稲穂も勢いをつける。

上方の政治が急変したのか。それから二年余りはふしぎに村上水軍の攻撃がなくなっていた。島民たちは安堵《あんど》し、従前の水争いもなくなり、和気《わき》あいあいと交流し、治安が良くなった。

菊一郎は小磯で、ひさしぶりに大好きな釣りをしていた。漁師舟が沖を通ると、扇子《せんす》をふりふり呼び寄せている。

漁師たちはなにかご褒美《ほうび》でもくれるのかとおもい、舟を陸につけたようだ。すると、若殿が、

「知っておろう、うちの嫁の千代がかわいい玉のような男児を産んだんじゃ」

と自慢話をはじめる。

漁師たちは、良かったですのう、ええ奥方さまと愛児《おこ》さまがおって、と若殿の上機嫌で誇《ほこ》らしげな顔につきあっていた。

世のなかには悪い奴がいるものだ。この刻限に、神峰山の中腹の水場近くで、七人が悪巧《わるだく》みの相談をしている。

「よいか。打ち合わせどおり、今夜、館《やかた》をかこむ城壁《じょうへき》を乗り越えて侵入《しんにゅう》するぞ。若嫁《よめ》と乳飲み子をさらう。そして、神峰山の山頂直下の洞窟《どうくつ》におしこめるんじゃ。もういちど館の内部を確認せよ」

館の絵図は、きのう普請《ふしん》大工の家から盗みとったものである。

かれらは誘拐《ゆうかい》が成功した後、城主と若殿を脅《おど》し、たっぷり身代金を盗ってから逃げる算段《さんだん》をしていた。七人の役割分担が確認された。

「攫《さら》った若嫁が抵抗して、暴れたら、ばっさり斬れ。殺したあとでも、金は要求できるけんの」

この夜、寝床の千代は、夜烏《よがらす》が啼いたせいか、いやな胸騒ぎがしてなかなか眠れなかった。この恐怖の予感はなにかしら？　両目だけは閉じていた。

悪党七人が計画どおり、観音岬の館に忍び寄ってきた。十三夜の月が周辺を照らす。海面までも月光でキラキラかがやく。かれらは石組みの壁にそっとハシゴをかけてから、一人ひとり乗り越えていく。

門番は寝入っている。

かれらは門のカンヌキを抜いておく、念の入れ方だった。七人がそっと館の廊下にまで忍びこんだ。暗い部屋の内部を一つ、またひとつとたしかめていく。赤子の泣き声が聞こえた。

「あっちだぞ」

組頭の低い音色が変わった。

ロウソクの灯りのもとで、乳母《うば》がこっくりこっくり居眠りしながら、泣きやんだ赤子に乳をあげている。

悪人がさっと赤子を奪いとった。

「えっ、なに、なにが起こったの。ありゃりゃ、夢よね。これは夢よね」

乳母がまた寝入った。そして、寝息を立てはじめた。

愛児のぐずる声が聞こえる。寝床の千代が立ち上がり、廊下がわの障子をあけてぱっと飛びだした。

「何するんですか。赤子を返してください。返してください」

千代は廊下から素足で庭に降ると、かれらの後を追いかけた。これも悪党たちの計算のうちだったのだろうか、門外で、千代は捕まってしまった。荒縄《あらなわ》で後ろ手にしばられたうえ、猿轡《さるぐつわ》をはめられた。そして、神峰山のぶきみな洞窟に連れ込まれた。彼女は総毛立《そうけだ》つような怖さで身震いしていた。

闇一色だが、千代の目がやがて慣れてくると、岩が露出する頭上にコウモリやムカデ、得体の知れない虫の動きが感じられた。慄然《りつぜん》と震えあがる千代だが、今や悪党の男の手にある、すきっ腹でむずかる愛児をおもい計った。

(洞窟から、わが児とともに無事の脱出はできるのかしら)

彼女は逃走の知恵を自分の頭脳《あたま》にもとめた。

赤子はやがて火がついたように大声で泣きはじめた。

「うるせえ。泣きやませろ。耳障《みみざわ》りじゃ」

猿轡でしゃべれない。悪党の組頭が、それを読み取ったらしく、あご先で、手拭いを取ってやれ、と命じた。

「……、ばあや（乳母）を読んでください、乳が飲みたらんのよ」

「てめえが自分のおっぱいを飲ませろ。自分で産んだ子だろう」

この時代は、高貴な立場の女性は、自分の乳をあげない。授乳《じゅにゅう》は雑事《ざつじ》だから、自分でするものではなかった。乳母を雇うものだとされていた。

「乳を授けます。この後ろ手の縄をといてください」

「わりゃあ、利口な若嫁《よめ》らしいな、見えすいておる。逃げる算段を考えておるのじゃな。縄を解《と》かないで、乳を飲ませられるだろう」

「いいえ。乳飲み子は抱かないと、飲ませられません」

「そいなら、縄をほどくが、逃げると、真っ先に赤子を殺すぞ、わかっておるな」

組頭の命令で、下っ端が縄をほどき、泣く赤子を千代の両腕に押しつけた。彼女が袷《あわせ》の胸元を開くと、赤子が勢いよく両唇をつけて乳首を吸う。彼女はわが児をしっかり抱いていた。

「あんたら、この洞窟は知っておるん？　神峰山の蛇《へび》のねぐらよ。夜はイタチやイノシシを食べに野原に出ておるけどね、明け方にはこの洞窟にもどってくるよ。あんた方も、うちもマムシに噛《か》まれて死ぬ」

「わりゃー、わしらを嘗《な》めておるんか。そんな、たわいない嘘に、ごまかされんぞ」

「神峰山の伝説は知らんの、キジが蛇《じゃ》をかみ殺す……。この山はキジがえろう多いけんね。それだけ、餌《えさ》のマムシのかずが多いんよ」

「でたらめな伝説じゃ。わしらは大崎上島に生まれ育って、蛇がいっぱいおるとは聞いておらん。魂胆《こんたん》はみえ透いておるぞ」

男らの気味の悪い笑い声が、洞内にひびいた。

「うちはもともと農家の娘よ。畑や田んぼで、マムシをえろうたくさん見てきたんよ。噛《か》まれて死んだ人もおるで。夜が明けると、キジが啼きだすけん。蛇があわてて、この洞窟にもどってくるらしい。うちと、この児《こ》はどうせ死ぬ身よ。あんたらの刀で殺されるか、猛毒のマムシに噛まれるか、その違いだけよね」

千代が可愛い愛児の頭をなでていた。わが乳の匂いがただよう。この恐怖のなかでも、授乳の喜びを知った。母乳を与えるときが、女のいちばん幸せなときだとおもえた。

突如として、キジが甲高《かんだか》く啼いた。洞窟の外がやや明るくなっていた。またしても、キジが啼く。恐怖心をおぼえたのだろう、七人が無言でそれぞれの顔を見合わせている。

「わしは蛇が嫌いじゃ。この世のなかで、蛇はいちばん嫌いじゃ」

一人が洞窟から逃げだすと、たちまち先を争って皆が転げるように逃げていく。

若殿の菊一郎が、配下の武士を総動員し、妻子を誘拐した犯人をさがしていた。

「一刻も、半刻も早く、わしの嫁と子を探しだせ」

と先頭に立つ。

「見つけたぞ。おどれりゃー、待て」

七人は島から小舟で逃げだす寸前だった。抜刀《ばっとう》した菊一郎が砂浜に足を取られながらも、追いついた。一人、ふたりと斬りつけると、残りは観念して捕縛《ほばく》に応じた。捕らえられたかれらは、城のがんじょうな牢屋《ろうや》に投獄《とうごく》された。

「わしは千代と子すらも守れなかった。うかつな男よのう、すまん」

菊一郎が愛児を抱きかかえる千代にそう詫びた。

「怖かった。でもね、神峰山の伝説がうちら母子《おやこ》を助けてくれたんよ」

「そうか、その話はあとでゆっくり聞かせてもらう。わしはきょう決心した。島内も不用心になったものじゃ。犯罪の取締りを強化する」

「うちね、そんな取締りの厳しさよりも、段々畑を開墾《かいこん》して、島のひとが豊かに暮らせるよう、住みやすい島にしてほしいの」

「そうか。そうか。わしは将来の城主じゃ。父親の城主にならって、質素倹約で、その余禄《よろく》で雑木林を拓《ひら》いて、田畑を増やそう。水も必要じゃ。沢水が流れるところに、ため池をたくさん作ろう。わしら城住まいのものが率先《そっせん》して倹約、節約するほどに、段々畑のかずが増えるはずじゃ。いのちの水も豊富になる」

菊一郎は千代のまえで、強い決意をしめした。数日後、若殿の音頭で、愛児の節句を祝うはなやかな催しが開かれた。

「皆、踊れ。祝い酒をふるまうぞ。たっぷり呑《の》めよ。愉快に踊るのじゃ」

菊一郎の質素倹約を旨とする誓いはどこに行ったものやら。陽気で朗らかな性格はそうそう変わらないようだ。

祭り好きな島民らが喜び、にこにこ顔でにぎやかに輪になって踊る。菊一郎も太鼓を叩いたり、輪に飛び込んで手足も軽く、はしゃいで浮かれて踊ったりしている。

「皆、陽気に暮らせ。暗い顔はするな。こころから明るく豊かになるんじゃ」

若殿はええのう、わしらと差別、区別がないのがええ、さすが矢弓の農家から正室になったお多福の子よのう、気持ちがええ、と島民たちが讃美《さんび》する。

この刻限に、獄中の悪党たちは鞭《むち》でたたかれ、水責めで、きびしく問い詰められていた。かれらは村上水軍の兵士で、一昨日の夜に秘かに上陸したと白状した。

「さあ、殺せ。斬ってもらおう」

「さようか。蛇はこわがり、刀は怖れぬのだな。ならば、斬首《ざんしゅ》させてもらうぞ」

かれらは首切り峠で処刑された。

彼女の頭のなかで、短篇歴史小説「首切り峠」はそのようにまとまった。それを推敲《すいこう》し、後日、祖父のノートに継ぎ足したい。

神峰山には三つの登山ルートがある。四国山脈を正面にみる南面の登山ルートの道について、祖父のノートには記載がまったくなかった。

彼女はちいさな好奇心から、雑木林の道を下りはじめた。月並みだけれど、絶景の瀬戸内の風景である。やがて柑橘《かんきつ》類の畑、野菜づくりの段々畑となった。彼女の視野がより広がった。……いくつもの島が青い海に点在し、合間をぬう海峡、多様な船舶、やや遠くに来島《くるしま》大橋、さらに四国の山々と眺めながら、彼女は飽きずに足が運べた。

眼下のちいさな港は漁舟だまりで、みるからに漁業の集落だった。

彼女は、六十代の麦わら帽子をかぶる農婦に、すこしよろしいでしょうか、と声がけをしてみた。神峰山伝説をきいても、鍬《くわ》をもつ農婦は首を傾《かし》げていた。

ここらは沖浦《おきうら》、明石《あかし》という旧「大崎南村《おおさきみなみむら》」の集落で、いくつか神社はあっても、厳島神社はないという。漁業や農業が中心で仏教の信仰が厚いところだから、農婦の記憶には神話の伝承《でんしょう》はない、と申し訳ない表情をする。

「おなじ島でも、木江とは色合いが違うのですね」

「そうよ。島だけでなく、むかしの木江港は広島県下でも、特別よ。わたしの母親は子どもの頃、遊郭がある木江港に、ゼッタイ遊びに行くな、と厳しく言われておったそうよ」

昭和三〇年に町村合併して「木江町」になったけれど、いまだ自分たちは「木江」とはいわず、「沖浦・明石」と地区名をつかっている、と強調した。

農婦に問われて、大学院生だと応えた。

「伝説や神教の勉強をされておるんね？」

「いいえ。神峰山の、お地蔵さんに秘められた悲哀を取材しているんです」

「山頂にはぎょうさん、お地蔵さまはあるよね」

農婦は、さして興味のある語調ではなかった。無関心に近い。院生の単身調査だから、話し合いていどの口ぶりでもあった。あるいは、農事の一休み、といった感じである。

「明治の初期に、御手洗港から木江港に、遊郭街の主体が移ってきますから、そのころからでしょうね」

「木江港がキラキラしていた頃のこと、ご存知の方はいませんか」

「ここは沖浦じゃけんね。木江港の天満桟橋か一貫目桟橋に定期船でいかれて、そっちで訊いた方がええ。長寿の時代だから、憶えておるひともおろう」

農婦の目には、若い女性がなぜ遊郭に興味があるのかという疑問が浮かんでいた。

「私は戦争終結から一〇年間、昭和二〇年代に絞り込んで、戦争による庶民の本当の苦しみの聴き取りをおこなっています。木江港には、私たち世代が知り得なかった、庶民の悲哀がたっぷり残されています。ある意味で、お地蔵さまの数だけあると思っています」

「昭和二〇年代なら、昭和三〇年五月十一日は外れるね」

農婦の日焼け顔には、わずかな違いだという表情があった。

「何かあったんですか?」

彼女の目が好奇心で光った。

「わたしがちょうど生まれた年よね。あれこれ、わたしが伝え聞きで話すよりも、正確な取材なら、八月のお盆に、この沖浦にきてみんさい。盆祭りで、その大ごとを供養している人がおるけん、直接、聴くと良《い》いよ。もし、どうしても今日知りたいならば、この登山道を下って県道とぶつかったところが小学校だから、そこで校長先生か、副校長先生に訊かれると良いわよ。神話でなく、事実よ。写真もあるしね」

農婦が眼下の小学校の校舎を指していた。

（一体なにがあったのかしら）

昭和三〇年は、売春防止法がまだ施行されておらず、木江港は繁栄する町だった。

第5章　女郎っ子

海上で、小太鼓が競って連打されている。七月末のつよい太陽が、木江《きのえ》港の海面にかがやく。四色の櫂伝馬《かいでんま》が海のうえで、その速さを競う。赤、緑、黄、白の法被《はっぴ》をきた二十代、三十代の男衆たちである。

一艇の水夫《かこ》は一四人で、片舷《かたげん》に七人ずつ二列にならぶ。それぞれ早打ちの太鼓に合わせ、かけ声も大きく、いさましく。懸命に櫂《かい》を漕《こ》ぐ。陽光できらめく飛沫《しぶき》を散らせている。

船尾のひとりは立ちあがり、大櫂《おおかい》（舵）をあやつる。それは船頭である。このように一艇一五人ずつが、「きのえ厳島《いつくしま》神社・十七夜祭《じゅうしちやさい》」の古式ゆかしい神事の一つとして争う。

湾内の岸には、興奮した大勢の男女が、ひいきの櫂伝馬へ声援を送りつづけている。

第四レースのゴール・一貫目《いっかんめ》桟橋《さんばし》にちかい波止場で、二十九歳の細面の猿渡優衣子《さわたりゆいこ》が、まわりの興奮に逆らったような深刻な顔でたたずんでいた。

「妻子をないがしろにする亭主なら、この際、別れてあげる」

沖をみる優衣子の二重瞼の眼は怒っていた。……夫の喜平《きへい》がきのうの晩、家族との約束を破り、女郎屋に登り、女の膝枕《ひざまくら》で花火を観ていたという。先刻、知り合いの老妓《ろうぎ》から聞かされたばかり。

彼女は腹に据えかねていた。

優衣子は小粒な花柄の薄地のブラウスに、米軍ながれらしい安いチノパンをはいている。黒い髪には飾り気がない。港のおおきな祭りでも、ふだん通りの質素な身なりである。

夫の猿渡喜平は三十五歳で、いま青色の櫂伝馬に乗っている。ねじり鉢巻き姿の夫は、ことし宇浜《うはま》チームの大櫂をもつ艇長《ていちょう》（船頭）であった。つまり、お祭りのヒーローのひとりである。

櫂伝馬の艇長は、潮筋《しおすじ》と風向きと、さらに水夫たちの疲労と力量から、先行するか、追込むか、と決める。それが勝敗につながる重要な判断になる。

「前夜祭の花火大会に、女遊びをしていた夫だなんて、櫂伝馬競争の最下位になって、大恥をかけばいいんだわ」

優衣子は四年前まで、港のおちょろ舟に乗る女郎であった。いまは身ぎれいなからだで、妻であり、十一歳の息子、三歳の娘の母である。

優衣子の耳には、このところ喜平の隠れた素行というか、女遊びのうわさがなんどか耳に入ってきた。その都度、彼女は女として怒りと嫉妬《しっと》をおぼえ、ときにはうろたえもした。ただ、あえて聞かなかったふり、知らないふりして、夫との間では話題にせず、自分を押え通してきた。

しかし、こんかいはちがう。家族四人で前夜祭の神社詣でと、豪華な花火大会を観にいく約束だった。それを破ったうえ、こともあろうに楼閣《ろうかく》に登り、女郎と花火を観ていたとは、許せない。

「ゼッタイ泣き寝入りはしない。もう我慢はしたくない」

これは単なる癇癪《かんしゃく》じゃないと、優衣子はこころのなかの憤りを確かめていた。

「舵をミスして、湾内の貨物船とでもぶつかって、櫂伝馬が転覆すればいいのよ。町の笑い者になりなさいよ」

彼女の呟《つぶや》きは、まわりの歓声ですべて消されていた。

数十隻の貨物船、小型タンカーが木江港内に停泊する。それらの甲板から船員たちが櫂伝馬競争をみている。十七夜祭のきょうは、造船所、機械工作所、商店などはみな休業である。船員らも、手持ちぶさたのようだ。

昭和二九（一九五四）年度の「きのえ十七夜」櫂伝馬競争は、朝から夕方まで、七レースの総得点で優勝チームが決まる。

いまのところ喜平の宇浜チームは、第一レース、第二レースともに最下位の四位。昼前の第三レースでは巻き返して一位だった。

いまは「午後の部」の第四レースのさなかである。野賀《のが》の鼻から一貫目桟橋をむすぶ、引き

現在も行なわれる櫂伝馬競争

潮に逆らった、直線約一キロの争いだった。

浮標《ふひょう》の中間点を過ぎると、喜平の宇浜櫂伝馬がまたしても遅れはじめた。

「昨夜は、わたしに大ウソをついたのね」

優衣子は、夜一〇時近くに帰宅した喜平とのやり取りをおもいうかべた。

「ちょっと酒臭いわね。どこをほっつき歩いてきたの。遊んできたの?」

彼女は約束破りを問いただす目をむけた。

「ちがうよ。ことしの宇浜の櫂伝馬は、おまえも知っての通り、船大工のワシが腕によりをかけて建造した、新造船じゃ」

「それとなんの関係があるの」

「舟材は製材してから、一年半ほど乾燥させておいたが、どうも完全でなく、まだ乾きが悪かった。練習ちゅう、櫂伝馬が海になじんでくれず、おもったより船脚《ふなあし》が伸びんのじゃ。船大工としても、責任がある」

「責任はわかるわ。でも、家族といっしょに花火大会に行けない理由になるの」

「問題はこの先よ。あしたが本番よ。これじゃいかんと、練習が終了すると、みんなで宇浜の櫂伝馬を波止場に引き揚げてから、船裏《うら》に蠟《ろう》を塗っておったんじゃ」

「四時間も、五時間も蠟を塗るの?」

「いや、作業は小一時間じゃ。日本酒の差し入れがあったから、前祝で一杯引っかけて帰ってきた」

「一杯にしては遅いわね。浴びるほど、飲んで騒いできたのでしょう」

「よくわかっておるの。あと三年も経てば、舟木の乾燥がすすみ、海水になじんできて、最大級のスピードが出る。造りは上等じゃけん。ところで、子どもらは花火を観なかったのか？」

「そうはいかないでしょう。厳島神社詣では明日にして、花火の打ち揚げの音が聞こえはじめたから、博とミミに浴衣を着せて、浜で観せてきたわ」

木江港の花火はとくに有名である。夜空に花開く花火が、鏡のような凪《なぎ》の海面に一輪ごとに幻影的に映る。空と海面の二重の花が咲く。連発の花びらは神秘的でさえある。

木江町は造船業と遊郭で繁栄する、高額所得者が多い地区である。楼主や企業主が競って、特殊な高価な花火を寄付して自慢する風土があった。

芸予《げいよ》諸島、本州から、見学者たちが、船を連ねてやってくる。

ちゃぶ台に喜平宛てのメモはおいてきた。だが、帰ってきても、そのままだったから破って棄てた。

昨晩から、先刻まで、優衣子は夫の説明を信じて疑わなかった。いましがた大ウソだとわかったのだ。

大崎上島の木江町は夏場となると、町営水道の断水がやたら多くなる。優衣子はほぼ毎日、近所の井戸に、もらい水にいくのが常だった。

祭りの今朝は、はやくに法被姿《はっぴすがた》の夫を送りだす、ふたりの子どもには外出着をきせてから、櫂伝馬レースの応援に岸にでた。昼前の三レース目で、宇浜が一位になったところで、優衣子は浜からわが家にもどってきた。

真夏の暑いさかりだが、優衣子は両手にバケツを下げて、芸者派遣《はけん》の置屋《おきや》の井戸に出むいた。建屋の土間に、深い井戸がある。以前は釣瓶《つるべ》だったが、おとどし置屋の主が手押しポンプに替えた。井戸水にはちょっと塩分を感じるけれど、優衣子は木江港にきてから約七年、その水質にも慣れていた。

このとき、三味線で名高い五十代の老妓《ろうぎ》が、今晩の座敷の打ち合わせだと言い、置屋に立ち寄ったのだ。ふたりは挨拶代わりに、「きのえ厳島神社」の十七夜祭の話題になった。

――うちらは芸者稼業だから、毎年のことだけれど、前夜祭の花火大会は忙しくてね、観ていられないわ。

優衣子は手押しポンプでバケツに水を汲み、耳だけを貸していた。

――花火大会の時くらい、喜平さんだって、家族といっしょに花火ぐらい観てあげればええのにね。

そうなんですけれどね。うちの夫《ひと》は夜遅くまで、櫂伝馬に蠟《ろう》を塗っていたそうですよ。きょうの本番に備えて。

――あら、そうなの。喜平さんがそう言っていたの。隅《すみ》におけんね。

違うのですか。ポンプを押す優衣子の手が止まった。

――教えてあげたいけれど、止しておくわ。あとで、喜平さんから恨まれたくないからねえ。

おしえてください、老妓《ねえ》さんから聞いたとはゼッタイに言いませんから。

――そお、約束よ。花火が終るまえ、黒川屋の座敷がひけたの。ナイヤガラの滝くらいはみたくてね。三味線もって外庭の裏木戸から岸に出てみたの。花火大会が終って、ふとふり返ると、喜平さんが二階の個室から立ちあがったの。これは芸者の勘だけれど、あれは姐さんの膝枕で、優雅に花火を観ていたという感じね。

優衣子のこころは動揺して、ことばすら出なかった。

――むかしの優衣ちゃんは器量良しで、機転も利くし、売れっ子姐さんだった。だから、喜平さんは先妻とわかれて、全財産を叩いて、子持ち姐さんの優衣ちゃんを身請けしたのにね。なぜ、ほかの女にうつつを抜かすのかしら。これればかりは病気だね。美人の女房でも、関係ないみたい。

優衣子は歯を食いしばった。

――優衣ちゃんのほうは喜平さんと結婚してから、浮いた話はまったくないし、貞女で有名だし。港の造船所でアンコ（日給の女労働者）としてもよう働くし、ふたりの良い子を育てているのにね。なにが不満なのかね。花火大会の日に女郎屋に登るなんて。

優衣子は事務職アンコだか、艤装《ぎそう》の造船設計の補佐をしている。

――あら、優衣ちゃんがそんな怒った顔するなら、教えない方がよかったわね。

いいえ。教えてもらった方がよかったんです。

――見ざる、聞かざる、言わざる、それがええよ。喜平さんは花札やサイコロ博打《とばく》はやらないし、大酒飲みでもない。ここで大げさに騒ぐと、家庭が破綻《はたん》して、損するのは優衣ちゃんよ。優衣ちゃんも数えで三十、このさき人生はいろいろあるよ。女だから怒りたい気持はわかる。もし喧嘩したとしても、男の逃げ道を失くして、追い詰めたらいかんよ。引き際が肝心だからね。

はい、と返事をしたけれど、優衣子は許せなかった。

——いろいろなことを乗り越えて、いい夫婦になっていくものよ。

もう一度、返事をしてから、優衣子は貰い水のバケツを両手にもって自宅に帰ってきた。そして、第四レースを見にきたのだ。

海岸に立った優衣子は、老妓さんのことばが頭のなかで渦巻き、裏切った喜平にたいしてむしょうに腹立っていた。

四色の櫂伝馬がラストスパートになった。猿渡喜平の熱気に満ちた顔が、段だんとこちらに近づいてくる。

船大工の喜平は筋肉質の体躯《からだ》だが、細長の顔はやや瓢箪《ひょうたん》に似ている。いまは顔を真っ赤にして、負けられない気迫を漂わせている。

ゴールへ、四隻の櫂伝馬が突入してきた。喜平のあやつる櫂伝馬はまたしても四位だった。

「宇浜はまたどん尻か。猿を海に落とせ。艇長を変えろ」

ゴールの一貫目桟橋が宇浜地区にあるだけに、怒号が飛んだ。猿渡とはいわず、猿、去れ、と怒っている。

広島気質で、弱ければ、味方でも容赦なく罵倒《ばとう》する。口惜《くや》しければ勝ってみろ、と平気で批判する風土があった。

「父さん、また負けたな」

と言われてふり返ると、小学五年生の十一歳の息子の博だった。頭の大きな博は、愛用の白い野球帽をかぶる。上着はもらい物の縦縞の半袖シャツ、継《つぎ》があたった半ズボン、それに紐結びのズックを履いていた。

「博はいつ来たの?」

「この波止場にずっといたよ。母さんは本気で、艇長の父さんを応援していないんじゃないの。宇浜の櫂伝馬がまたドン尻になっても、母さんはぜんぜん悔しがっておらんで」

「そんなことないわよ。父さんには勝ってほしいわよ」

「どうかな。口先で、わが子の目をごまかすんだよな、この母親は」

「親に向かって、なによ、その言い方は。母さんは生まれも育ちも木江じゃないし、岡山の高《たか》梁《はし》よ。潮《し》流《お》の道とか、レースの駆け引きとか、櫂伝馬のことはよう解らん。ただ観ているだけなのよね」

「嘘だ。母さんはこころのなかで、両手を合わせて、どうか勝たせてください、と勝を祈ってる感じじゃない。ぼくはわかるんだ。ボーッと観ているだけよ」

「親に向かって、ボーッとはないでしょ」

「都合悪くなると、すぐ親だもんな。大人はいいよな」

博は利《り》発《はつ》な少年だった。顔は細面の母に似る。頑張り屋で、算数・理科を中心に優秀だった。なにごとも負けん気だが、時おり喧嘩をする、気性の強い性格でもあった。

「櫂伝馬のうえで、ああいう武将の舞をやってみたいな」

博の視線がそばの雁木《がんぎ》にながれた。

豪華な平安衣装をまとった少年が、宇浜の櫂伝馬の艫《とも》（船尾）に乗り込む。化粧樽《たる》のうえに立つと、両足を紐《ひも》で固定した。

そして、美装の少年は、打ちならす太鼓とともに、武将の舞を優雅《ゆうが》に舞う。一年間ほぼ毎日、練習してきた美舞だった。大人の漕ぎ手らが、ノーエィ節などを歌いながら、湾内をパレードする。

四色の櫂伝馬が、そろって舞う少年を乗せている。

レースに勝った櫂伝馬にはその都度、富豪、企業主、楼主などから祝儀袋が渡される。大相撲の勝ち名乗りに似る。海岸のあちらこちらから笹の紙垂《しで》が振られる。ただ、レースに勝利しても、笹の紙垂のもとに駆けつけるタイミングが悪ければ、ほかの櫂伝馬にその祝儀が奪われてしまう。まさに、番外編の競争である。港のひとは故意に、タイミングの悪い笹ふりをして、遅きに失した勝者の、悔しがる水夫たちの顔を見て、笑って愉快がっている。これも恒例行事である。

「ところで、ミミはどうしたの？」

「後ろにいるよ。やっぱり、ボーッとしておるんだよな。母さんは」

「子どもには言えない、考え事があるの」

愛称のミミは、優衣子と喜平との間にできた三歳の女児である。縮れ毛のミミは目が円くて愛らしい。うすい浴衣に赤い帯を結ぶ。

「神社でお参りしてきなさい」

「もうお参りしてきたよ」

「それなら、お小遣いを足してあげるから、屋台でなにか買うか、遊んできなさい。ミミを迷子にさせたら、ダメよ。怪我《けが》させせないでよ。友だちに悪口言われても、喧嘩したら駄目だからね」

彼女はがま口から小銭を出した。

「要求ばっか、多いんだよな。うちの母親は」

とっさに応じる博は、頭の回転が速い。

「兄ちゃん、チャンポコ、見にいこう」

チャンポコとは、華やかな平安衣装の稚児《ちご》行列である。きのえ厳島神社の神事の一つで、大勢の子どもらが行列を成し、横笛を吹いたり、鉦《かね》を鳴らしたり、ちいさな神輿《みこし》をかついだりする。

子どもらが立ち去ったあと、優衣子の視線が宇浜の櫂伝馬に流れた。

大櫂をあやつる青色のシャツをきた夫と、視線が重なり合った。次は勝ってみせるぞ、応援を頼むぞ、というふうにこちらに手を挙げた。

優衣子はぷいと横をむいた。

「花火大会の女郎屋の登楼は、女房をごまかせた気でいるのでしょう。女遊びで、一生泣かされるくらいなら、この際、別れてあげる。元女郎でも、結婚すれば、一夫一婦制の権利よ。嫉妬だけですませないわ」

優衣子は備中《びっちゅう》高梁の貧農の子だった。高梁は備中松山《まつやま》城で有名である。幕末には老中首座の板《いた》倉勝静《くらかつきよ》や、元締め・執政《しっせい》（家老）で名を馳《は》せた山田方谷《ほうこく》など歴史上、欠かせない人物がいる。

かつて祖父から聞いた話では、優衣子の先祖は備中松山藩の側用人（藩の重役）で、戊辰《ぼしん》戦争のとき、函館まで板倉勝静に付き添って戦った。榎本武揚《えのもとたけあき》が降伏したあと、反逆者として二年間ほど牢獄《ろうごく》の身だったという。

出獄した後、明治新政府の役人登用の誘いを断わり、高梁にもどり開墾《かいこん》農家となった。ただ、武士の農業は上手くゆかず、貧農まで落ちた。そして、大正時代、昭和時代の初期へと及んだ。貧しく生まれ育った優衣子は、高等尋常小学校をでると、倉敷で働きはじめた。土蔵が三つもある老舗の骨董《こっとう》・絵画商の家に住み込みだ。高級な美術品が蔵に収まっていた。

あるとき、土蔵の絵画品を分類していた時、優衣子は主人に襲われた。その後、くり返し肉体をもとめられつづけた。十七歳で妊娠してお腹が目立ったところで、細君に関係が知れて、そこから風呂敷包みひとつで追いだされてしまった。

男が戦地に取られた働き手不足の時代だったことから、妊婦の彼女でも、福山の商店ではたらくことができた。そして、十八歳にして出産させてもらえた。

やがてサイレンの音と灯火管制の下で、一歳半の子を連れた優衣子は、戦禍《せんか》のなかを逃げ惑《まど》った。福山の空爆で、商店が直撃弾をうけて焼失し、再建はなかった。

西にながれた彼女は、尾道の寺で世話になった。終戦の翌年、徴兵《ちょうへい》で満州にいた住職が外地からもどってきた。お寺で戦死者の供養のお経をあげるひとがふえたけれど、お布施《ふせ》は芋《いも》、カボチャ、大根などが主だった。

食糧難のなかで、居候《いそうろう》の身が長くつづくと、肩身が狭くなった。

優衣子は三原へと働き口をもとめた。当座の住いがほしくて、臨時の住込みのしごとを探した。戦争の大惨事のあとだけに、だれもが失業者で、一つ職に数十人が応募する。飢餓《きが》寸前に陥る日々となった。徒歩で奥地のへんぴな農村にでむいて、ニンジン、カボチャ、芋を恵んでもらう。

「きょうは生きても、明日は生きられるのかどうか」

それすらもわからなかった。飢えに順応する二歳の痩《や》せ細ったわが児が不憫《ふびん》で、優衣子はいつも涙をながす。冬場は寒い神社の境内で、博のからだを抱えて寝たこともある。その日暮らしの究極《きゅうきょく》の境地で、こころの奥まで悲しみに染まった。

母子心中すらめずらしくない世相だった。この博のために、どうしても生きなければならない。その決意だけは失わなかった。

昭和二二年春、竹原沖の大崎上島の木江港で、子育て女郎、通い女郎を受け入れてくれる「松方屋」があると、優衣子は人伝《ひとづて》に聞いた。アクギな商売はしない、わりに良心的な楼閣《ろうかく》だという。

「きれいごとで、子どもは育てられない」

倫理・道徳に拘泥《こうでい》すれば、四歳になった博が飢餓の状態で、小学校にも通えない惨《みじ》めな人生になるだろう。

二十二歳の優衣子は、木江港へと渡った。松方屋の楼主《ろうしゅ》に会って、四歳の子持ちだと諸事情を説明した。

「男の色好みはいろいろだ。子持ちの熟《う》れた女を好む男もおるで。住み込まんで、通いで雇ってもええ。ただ、子どもが病気でも、休めんで。それは条件よの」

（それはつらいけれど、わが身を汚しても、愛児を育てる）

その決意で、承諾した。

母子がすむ家を借りるお金、当座の数か月分の生活費、博を通園させる幼稚園の諸費用、水商売で必要な和服・洋服の購入費などを見込んで前借《まえがり》とした。

一般に身売りされた女郎ほどではなかったが、それなりに大きな前借となった。

神峰山《かみのみねやま》の中腹にあった質素な一軒家が借りられた。その日から優衣子はおちょろ舟に乗る沖女郎、ときに張見世《はりみせ》の格子《こうし》から媚《こび》を売る座敷女郎として働いた。博が風邪をひいて咳と熱をだしても、夜の仕事にはいかねばならない。それが辛かった。

近所には、座敷に芸妓を送りだす置屋があった。七十歳の「師匠」と呼ばれる主《あるじ》は物わかりの良い人物だった。六十代の細君も人柄がよく、むかし日舞の世界では美舞で名高かったという。いまはささやかに踊りを教えている。

「子どもはよう病気になるけん。言うてくれたら、一晩や、二晩、預かってあげるよ。困ったときはお互いさまよね。この家は昼間も芸妓《げいぎ》の出入りが多いし、ようけ集まって雑談しておる。子どもの相手をしてくれるよ」

細君はシャキシャキした性格だった。

師匠は水枯れ時期には、あんたは手が足りんじゃろう、とバケツで井戸水をわが家まで運んでくれたこともある。

遊郭には子持ち女郎は幾人かいる。町ぐるみで子育てを手伝う雰囲気があった。優衣子はそれに助けられた。博は御菓子はもらえるし、置屋を嫌がらなかった。

一年二年と経てば、ひいき客の船員がついて、指名も増えてきた。そのうちのひとりが、所帯持ちの船大工の猿渡喜平だった。指笛が上手で、人差し指を口に含んで曲を吹く。敏捷《びんしょう》な身体で、立ったまま宙返りができた。

「優衣ちゃんは、二重瞼で、眼がとてもきれいだ。別嬪《べっぴん》で、気立てが良《い》い」

「口先が上手、口説《くど》き上手ね。奥さんにも、言ってあげたら」

地元の男が月に、一、二度の女郎屋通いとなると、遊び人にきまっていると、優衣子は喜平の口説き文句をいつも聞き流していた。

「……、半端な気持ちじゃねえんだ。小学生の息子を抱える優衣ちゃんは懸命に生きている。ワシは頑張る人間が大好きなんよ」

船大工の喜平が自分で造った伝馬船で、息子の博を誘って沖合の釣りにも連れて行ってくれた。鯛、チヌ、メバルなど釣ってきた。岬の磯で、貝を採って遊ばせる。喜平は一貫目桟橋、天満桟橋に、夜のイカ釣に連れて行ってやる、と言うけれど、優衣子は危険だからと言い、それは止《や》めてもらった。

小学二年になった博は泳げなかった。大崎上島は離島で、本土、四国、いずれに渡るにしろ連絡船をつかう。いつなんどき海難事故に遭遇するかわからないからな、と喜平は職場が休みの日に、博に泳ぎを教えてくれた。

喜平のこうした行動は当然ながら、街で噂になる。猿渡《さわたり》家の夫婦仲が悪くなるのは目に見えていた。登楼《とうろう》したとき、なんどかそれを話題にしてみた。

「実はな、女房には男がおるんじゃ。本心はワシと別れたがっておる。子どもはおらんし、ワシの腹ひとつで、離婚はすぐに決まる。慰謝料とか、手切れ金とか、七面倒《しちめんどう》なことは一切なしで」

「なぜ?」

「現場を押えたことがあるんよ」

「でも、よく話しあったら。奥さんを不幸にしたらダメよ」

「優衣ちゃんの気持ちを聞きたい。ワシは女房と離婚して、優衣ちゃんを身請けして、正式に結婚したい」

「ムリしない方がいいわよ。一人の奥さんを幸せにできず、再婚しても同じじゃないの。わたしにも飽きがくるわよ」

「男として、ワシに魅力がなかったら、博君を養子にくれないか。利巧な博君だ。将来は学者か、医者にさせたい」

「だめよ。博はゼッタイに手放さないわ。わたしの生き甲斐なのよ。あの子がいなければ、女郎などやっていないわよ」

「だったら、さきに女房と離婚を決める。それから、もう一度話させてくれ」

「たとえ、奥さんと離婚されても、わたしには前借があるのよ」

「前借が消えれば、ワシの嫁になってくれるか」

喜平は目を光らせた。

「押しの強い人ね。嫌いじゃないわよ、あなたは。博の面倒はよくみてくれるし」

喜平は大胆だった。先祖からの土地・家屋を売払った。親戚・縁者から、バカな真似をするな、と強く反対されたらしい。楼主と話をつけて「連れ子・女郎」の優衣子を身請けしてくれたのだ。そのうえで、宇浜に一軒家を借りてくれた。おそらく喜平の妾宅《しょうたく》だろう、と思っていた。わが家で喜平に抱かれて、いきなり妊娠してしまった。

「博、赤ちゃん欲しい？」

優衣子は判断を息子にもとめた。

「ぼく、妹がほしいな」

それをきいた優衣子は、喜平との婚姻届に捺印した。それは昭和二六年で、朝鮮戦争の特需で木江港が賑わっていたころだった。

女児の三美《みみ》は、いま三歳だった。

木江厳島《きのえいつくしま》神社に祭りの幟《のぼり》が立つ。境内の周辺には人出が多い。参道には焼きイカ、タコ焼き、綿菓子、飴《あめ》焼きの匂いがただよう。制服警察官の先導で、稚児行列がすすんでくる。町の世話役がつきそっているが、大人は酒で顔を赤らめている。博は浴衣姿のミミの手をとっていた。

「母さんにもらったお小遣いで、ミミに綿菓子を買ってやるからな。兄ちゃんは金魚すくいに挑戦だ」

先に綿菓子を買ってから、博自身は裸電球の下で、水槽のなかを逃げる金魚を追った。輪っかの紙がすぐに破れてしまった。残った円い針金だけで、博は金魚を引っかけて掬《すく》いあげた。

「金魚が痛むからやめろ」

屋台の兄さんから注意された。

「ミミ行こう」

綿菓子をもった妹の、空《あ》いた手を取り、博は、屋台を次つぎとのぞいていた。

（いやな奴がきたな）

博はふいに身構えた。人なみを割りながら、小学校の不良グループがこっちに近づく。番長は大柄なからだの小学六年生の豪次郎《ごうじろう》である。日焼けした黒い顔で頭が尖《とが》っている。ふだんナイフなどを持ち歩いているし、手下《てした》四人を従えている。豪次郎はかつて鑑別所《かんべつしょ》に送られた経験があると聞いている。

眉が濃くいかつい顔の豪次郎と、博は視線が合ってしまった。

「女郎っ子、話がある。顔を貸せ」

豪次郎が脅《おど》しの利いた声で、肩をつかんだ。

「ぼくには用はないよ」

博はつよくふり払った。

「そっちに用がなくても、俺には話があるんだよう。女郎っ子、ここじゃ話せねえ。顔を貸すんだ」

豪次郎がいきなり膝で博の太腿を蹴《け》った。

「なにするんだよ」

博が反発の目をむけた。

たこ焼き屋の兄さんが、ここで喧嘩などするな、と叱った。三歳の綿菓子をもったミミがおびえた顔になった。

「女郎っ子、こっちに来い」

豪次郎の目は、狙ったら獲物を逃がさない野犬のようだ。

「ミミ、心配しなくてもいい。おうちに帰っときな」

妹は小走りに立ち去ったが、すこし離れると、立ち止り、こちらを見ている。

不良グループの手下四人が、博の前後をはさんでいる。だれかしら、豪次郎に良いところをみせる態度で、博の肩や背中をこづく。ふだんは鈍重なのにいきがる手下もいる。

「なんの話だよ」

「ここでは話せねえ。ミカン山まで来い」

ここは素直に応じるしかなかった。

厳島神社の本殿の裏手から、石段をあがり、そこから油蟬《あぶらぜみ》が啼く脇道を通り、急斜面の山道に入った。

豪次郎がポケットから自転車チェーンを取りだし、脅しでグルグル振りまわす。この遊郭街の町には流れ者、荒くれ者が多い。豪次郎の父親は、それら与太者《よたもの》をとりしきる総組頭の立場だ。

女郎屋の依頼で、お客の未払いやゴタゴタの処理にはドスで脅す。真実はともかく、子どもたちの間では、それが常識だった。

雑草の多い農道になると、バッタが飛び、蛇が急ぎ道を横切る。夏の日差しが強く照りつけた、雑木の葉群は暑熱《しょねつ》に色を失っていた。

この不良グループはふだん博を「女郎っ子」とあなどり、わざと敵にし、難癖《なんくせ》をつけてくる。それはかれらの団結を高める目的だと、博には従前から、わかっていた。

（こんどの難癖はなにか）

博にはまだ読めなかった。

山路は神峰山の登山道を横切り、ミカン山の段々畑になった。ミカンの葉が太陽の木漏《こも》れ日をつくっている。

「あのミカン山の索道《さくどう》小屋で、話をつけてやる」

豪次郎が顎《あご》をしゃくった斜め前方には、簡易索道《かんいさくどう》があった。上部から麓《ふもと》の終点まで、その距離は目算で一キロくらいだった。空中ロープが小さな谷を越え、見える範囲内で鉄製の支柱が三本立つ。

博たちは四年生のとき、社会科の授業でこのミカン農家を訪ねている。

収穫の秋には、ミカン箱を乗せたゴンドラが頻繁《ひんぱん》に往復の懸垂《けんすい》をする。夏場でも、消毒液や散水用の水などが、この索道で引き揚げられている、と説明をうけた。索道の原理はロープウェーとおなじだけれど、強風でロープが揺れると、支柱の滑車が外れて脱線事故を起こすから、法律で人間を乗せたらいけないのだと教わった。

それから二か月後だった。繁忙期は出稼《でかせ》ぎ人、造船所のアンコも休みにはミカン山に入る。いずれかの者が、足腰の弱い婦人をゴンドラに乗せて降ろしていたらしい。手動ブレーキが故障しており、加速度がついて最下部の大車輪の歯車《ギア》に激突した、いたましい死亡事故がおきている。

社会科見学のあとだけに、その事故の記憶が強烈に残っている。

「女郎っ子、おまえの親父が宇浜の櫂伝馬の大櫂《おおかい》（船頭）をもたっておるけん、毎回どん尻じゃ。このまま脳《ノウ》タリンのヘマに任せておいたら、宇浜は優勝できねえ。女郎っ子、浜に行って、てめえの口から、親父の喜平に櫂伝馬から降りろ、と言え」

豪次郎が自転車チェーンをふり回す。しだいに博の顔に近づけてくる。

「第三レースは勝ったし、大逆転もある。勝負は最後まで、やってみんとわからんで」

博は強気の口をきいた。

「一位はたった一回だけじゃねえか。ほかのレースは皆どん尻よの。きょねん宇浜は総合優勝したんだ。ことしは逆立ちしてもよお、優勝はできん。女郎っ子の親父の所為《せい》で、宇浜は大恥《おおはじ》だ。みんな、そうだよな」

「そうだ。そうだ」

四人の手下があざ笑っていた。

「大櫂は大人が決めることだよ。ぼくは関知できない」

それがまさに難癖だった。

「女郎っ子は生意気なんだよ。すこし勉強ができるとおもうて。先生《せんこう》まで、てめえを贔屓《ひいき》しておるけん、だから、女郎っ子はつけ上がりやがって」

「そんなあだ名は止めてくれ。ぼくの母さんはもう女郎じゃない」

「笑わすな。じゃあ、パンパンの方がええんか。女親がいちど女郎をやったら、一生消えんのよ。おまえは死ぬまで女郎っ子よの」

「じゃあ、君の父親は威張《いば》れるのか。女郎屋の用心棒じゃないか。なんども警察ざたになった前科者だろう。前科だって、一生消えん」

「このやろう。生意気な女郎っ子だ。黒川屋の玄一《げんいち》、しこたま女郎っ子を殴らせてやる。顔をひん曲げてやれ」

豪次郎がボクサーの真似で、ストレートパンチを連打する構えをみせた。

黒川玄一はきわめて愚鈍《ぐどん》な男だ。丸顔はいつも両唇が半開きで、敏捷性に欠ける。気が弱いから、豪次郎の手下に組み入れられている五年生だった。

「玄一君、おまえの家の黒川屋は女郎屋じゃないか。ぼくを女郎っ子だと笑えるのか。どうなんだ。ぼくは君を女郎屋と呼んでないぞ」

博が尖《とが》った目でにらみつけた。小太りの黒川玄一は腰が引けていた。

この春、玄一がおおかた豪次郎の命令だろう、博のカバンに三匹のカエルを入れたことがあった。腹を立てた博は仕返しで、放課後同級生の玄一を校舎の陰に呼びだし、体当たりをかませて仰向けにしたうえ、口のなかに、生きたガマガエル一匹を強引に押し込んで、泣かせたことがある。

このとき黒川屋の女将から、母親の優衣子に抗議がきた。博は親から、学生カバンと口とどっちが気色悪いの、とずいぶん叱られたものだ。

「玄一、おめえはやれんのか。ワシは弱い奴は嫌いじゃ。ここから帰させるぞ」

といわれて玄一の視線が足もとに落ちた。

「女郎っ子を殴れないなら、いまからわしらの敵じゃ。女郎屋は女の生き血を吸って稼いでおるんじゃ。玄一はこれから『吸血鬼《きゅうけつき》』と呼んでやる。それでもええか」

玄一がことばを失っていた。

「わしの命令をきけんのか」

豪次郎はほかの手下に、吸血鬼、吸血鬼と大声で言わせた。山間にそれがこだまする。

「吸血鬼はミカン山から帰れ。家に着いたら、わりゃあ、これまで吸った血を全部吐きだして死ぬぞ。わしの予感はよう当たるんじゃ。いまから面白いものを見せてやろうと、おもったのに。早よう帰れ」

頭を垂《た》れた玄一が袖で目もとを拭きながら、ミカン山の農道から立ち去っていく。きのうの手下が、明日には仲間外れにされる。いじめる側といじめられる側が紙一重だった。

「こんどは女郎っ子だ。勉強ができると思って、生意気なんだよ」

豪次郎の目が底光《そこびか》りしている。

（ぼくに何をする気だ）

身構えた博は、ふと母からきいた先祖の血を意識した。……備中松山藩の重臣《じゅうしん》で、函館戦争で、幕府に抵抗して命をかけて勇敢《ゆうかん》に戦った。この自分には武士の血が流れているのだ、強い相手にも決して弱腰にならないと気をつよく持った。

「自転車チェーンをふりまわして、威張れるのか。本音は気が弱いから、そんな武器をつかうんだ」

「女郎っ子、偉そうな口をきくな。パンチでその口を歪《ゆが》めてやる」

豪次郎が自転車チェーンを投げすてた。そのうえで、ボクサーのように腰を入れて踏み込んで、右手のパンチをくりだす。博の顔面に当たり、唇が切れた。

「よくもやったな」

博が拳で殴り返した。こんどは豪次郎の顔に鼻血がながれた。

「おい、みんなで、後ろから女郎っ子を羽交《はが》い絞《じ》めにしろ」

三人が博の両腕をつかんだ。豪次郎は獲物を追う猛禽類《もうきんるい》に似た目だった。瞬間、豪次郎の拳《こぶし》がショート・ストレートで、博の鳩尾《みぞおち》に入った。からだが麻痺《まひ》するほど痛かった。博はうずくまった。

「女郎っ子を押さえつけておれよ。逃がすな」

豪次郎が、近くの作業小屋から荒縄《あらなわ》をもってきた。

腹部が痛む博は、後ろ手に縛りあげられた。

「索道のゴンドラを宙吊りにして、女郎っ子を宇浜のどん尻レースを最後まで見せてやるんだ。

特等席だぞ。夜の御座船《ござせん》の宮入まで、たっぷり、と見せてやるけん。あしたの朝、ゴンドラから降ろしにきてやる」

そのゴンドラ（作業荷台）は畳半分くらいで、鉄製の柵《さく》で四方を囲み、一か所のみが開閉する方式になっていた。

「女郎っ子を乗せろ」

博は両足で抵抗するが、強引に乗せられてしまった。

索道の機械小屋には、駆動装置《くどうそうち》の発動機がある。豪次郎は扱い方がわかっているのだろうか。見ようみまねで、エンジンを始動させた。

「ブレーキが壊れていたら、どうするんだ。止めてくれ」

博は力のかぎり叫んだ。昨年の死亡事故が脳裏を過《よぎ》る。博は恐怖を感じた。

「さあ、空中へ出発だ」

豪次郎が愉快がり高笑いする。手下のなかで、止めに入るものはいなかった。ゴンドラが動きはじめた。

加速度がついてきた。支柱の通過で、大きくガタガタゆれる。

「やばいぞ。ブレーキがぜんぜん利かない」

「修理ちゅうかのう」

不良たちの騒ぎが聞こえた。身震いをおぼえた。

自転車なみのスピードから、バイクなみになった。ゴンドラが暴走をはじめた。このままいけば、ギアの大車輪に激突する。

（死ぬのか）

恐怖と不安とが、後ろ手に縛られた博の全身を駆け巡った。荒縄は強引に解《ほど》こうとしても、すこし緩《ゆる》むていどだった。

「わしら、人殺しになるぞ」

「逃げろ」

上部で騒いでいる。

博の背筋に恐ろしく戦慄《せんりつ》が走った。

（大怪我をしても、飛び降りた方がいのちは助かるかもしれない）

それがとっさの判断だった。手を使えない博が立ちあがった。風を切るスピードとなっていた。

眼下は約一〇メートルで、ミカン山は緑一色だった。ゴンドラの鉄柵に足をかけた博は、背面《はいめん》とびのように上半身の重心を外へ傾けた。支柱の通過のさい、ゴンドラが振り子のように揺れた。

と同時に、からだが外に投げだされた。

宙に浮いた身体は斜め横のまま落ちていく。ミカンの葉枝の弾力で、からだが跳《は》ね飛ばされてから、地面に落ちた。ゴンドラの激突音がひびき渡った。

「死んではいない」

この間に、博は後ろ手の荒縄がなくなっていると気づいた。

優衣子は裏手の浜まで、第六レースを見に行った。宇浜の櫂伝馬はまたしてもどん尻だった。なんら失望の気持ちは生まれなかった。

型通りの見学で終えると、彼女はすぐさま浜から路地裏の自宅にもどってきた。粗末なトタン屋根の借家である。平屋の玄関の土間には、まだ子どもらの靴がなかった。最終レースまで戻ってこない、と優衣子は信じて疑わなかった。

土間から座敷にあがると、四畳半と六畳、そして狭い台所である。この間取りに洋服ダンス、小物入れの箪笥《たんす》が二棹《さお》、水屋ダンスなどが収まる。どれも古い貰いものの家具だった。

戸外は瀬戸内特有の夕凪《ゆうなぎ》の無風で暑かった。両側の窓を開けても、室内の蒸し暑い空気は逃げてくれなかった。彼女は汗ばむ洋服と下着を脱いでから、狭い裏庭で節水の行水をし、乾いたタオルで裸身を拭った。

座敷で質素なワンピースに着替えた。結婚後、およそ自分の着る洋服など買い求めたことがない。元女郎として、顔見知りの姐さんや芸妓たちからもらうのが常だった。

針箱をだしてきた優衣子が、やりかけていた子どもの洋服の継当《つぎあ》てをはじめた。節約に節約で、やっと家計がまわっていく状態であった。

「ごめんなさいよ」

五十代の女性の声だった。聞き覚えがある黒川屋の女将《おかみ》だとすぐにわかった。複雑な気持ちで、優衣子は針仕事のまえから立ちあがり、ガラス障子を開けた。

黒川聖子《くろかわせいこ》は細身のキツネ目で、お祭りだけに華美《かび》な和服姿だった。

「なにか、御用ですか」

優衣子には、あいてが怒っている、とすぐに感じとれた。

「お宅は、子どもの躾《しつけ》はどうなっておるのよ」

目をつり上げた女将の口から八重歯《やえば》がのぞく。

と言いますと？

「うちの玄一が泣きながら、いま自家《いえ》にもどってきたの。お宅の博君から、『女郎屋』だの、『吸血鬼』だのと虐《いじ》められたというじゃありませんか」

「そんなことを言ったのですか、博が」

優衣子は信じがたい気持ちだった。

「わたしは作り話など持ってきませんよ。言いたくないけれどね。優衣子さん、あんただって元女郎だった身よ。なぜ、うちの子を『女郎屋』だの、『吸血鬼』だのと言わせるの。お宅の息子の首根っこをつかまえて、あんたの母親は夜毎《よごと》、男をとっかえひっかえする商売だったのよ、と教えたくなるわよ」

申しわけないです。博にはよく言ってきかせます。

「玄一はね、『口から真っ赤な血を吐いて死ぬ』とまで言われて、脅《おび》えているのよ。大人でも、そこまで言われたら、ゾッとするでしょう」

「はい。身震いします」

「女郎屋は場所貸し商売よ。からだを売っていたあんたとは、一蓮托生《いちれんたくしょう》よ。小学校五年生は思春期に入る年頃だし、夜の商売の実態を、あからさまに博君にぶちまけられたら、あなただって困るでしょ」

「ご尤《もっと》もです。博が帰ってきましたら、責任をもって黒川屋さんに謝りにいかせます」

「まったく、わかってないわね。そんなことされたら迷惑よ。黒川屋と元女郎が、子どもの喧嘩で、もめはじめたと噂がぱっと立つわ。世間体《せけんてい》が悪いし、大恥をかくじゃない。私は、あなたの躾《しつけ》を問題にしているのよ。カエル事件で私が抗議した時も、息子の躾をしっかりします、と約束したじゃない。それがどうなの。学校の成績は一番、二番でも、裏にまわれば、『女郎屋』だの、『吸血鬼』だのと悪口言っているようじゃ、将来ろくな人間にならないわよ」

「至りませんでした」優衣子は両手をついて頭を下げた。

「博君の躾もたいせつ。それにね、亭主の躾もしっかりしないとね」

どんな話か、と優衣子は身構えた。

「きのう、喜平さんはうちの二階座敷で、ある妓《こ》と二階の部屋で花火を観ていたわよ。うちは商売だから歓迎だけれどね。この際だから、言いますけど、地場の人間が花火大会の夜に、黒川屋に登るだなんて、一にも二にも、女房のあんたの責任よ。そうはおもわないの」

事実だったと、優衣子の胸にはつよい衝撃がはしった。

「こういう商売だから、はっきり言うけれどね。喜平さんはあんたに不満じゃないの。元女郎が身請けされて、結婚して女房になれば、それで終わりじゃないわよ。逆よ。夜は燃えて、亭主の気持ちを惹《ひ》きつけておかないとね、男は隠れて遊ぶわよ。喜平さんはね。きっと女郎時代のあんたと、いまとを比べておるんじゃない」

聖子の語調はつよかった。遠慮なく攻撃してくる。女郎屋だけに、男と女の性や機微に敏感だった。

「あんたは毎日、大勢の男がいる造船所のアンコで働きながら、造船工とはいっさい浮いた話がない。貞女よ。これはわたしの憶測だけれどね、あんたは造船所で働き、子育てで疲れていると言い、毎夜、喜平さんを寄せ付けないんじゃない。優衣子さんから、媚《こ》びて、喜平さんを寝床に誘ったことがあるの」

それはまさに図星《ずぼし》だった。夫がつよく求めてきたときすら、渋々の感がある。それだけに、聖子の目の鋭さにはおどろき、反論の一つもできなかった。

「喜平さんはね、わたしの妹と同級生なのよ。こまい（子ども）ときからいっしょに遊びもしたし、気性も知っておるわ。だから、言うのよ。喜平さんはみた目と逆で、一本気な信念の男よ。それが先妻と別れて、家財産を売り払い、街じゅうの笑い者になってでも、あんたに惚れて再婚したのよ」

「承知しています」

「子どもが大好きな人間で、博君やミミちゃんを目に入れても痛くないほど、可愛がる夫でしょ。それなのに、女房から夜を粗末にされたら、喜平さんはなんのために再婚したのか、と腹の底から失望しているわよ。それでも、じっと抑えるひとよ、あの人は。喜平さんが気の毒よ」

屋根裏でネズミがかけまわる音がひびいた。優衣子は聖子の直視から逃げたくて、その視線を天井にむけた。と同時に、喜平の胸のうちのモヤモヤを想った。

「あんたの顔には、夫婦の夜の寝床まで出しゃばられたと、書いてあるけれど、喜平さんは、子煩悩《こぼんのう》な良い亭主じゃない。明るくて、剽軽《ひょうきん》で、人の気持ちを逸《そ》らさない。こんな良い亭主には、二度と巡り合えないわよ」

「はい。とても、子煩悩です。血のつながらない博も、実の子以上に、よく可愛がってくれます」

「そうでしょう。こんなこと面と向かって言ってくれるのは、黒川屋の女将だけよ。男は口にしないけれどね、夜の女房に不満だから、女郎屋に登るのよ。夜になれば、優衣子さんから喜平さんの気持ちを惹いて、存分に相手してあげんとね。たまには」

「心に命じます」

「きのうの花火の登楼《とうろう》を責めるとすれば、あいては喜平さんじゃなくて、元女郎の優衣子さんの現在のあり方よ。いまは二十九歳で、若くてぴちぴちの肉体《からだ》じゃない。きょうは祭りの忙しい日だから、これで帰るけれど。言いたいことの十分の一も言っておらんのよ」

「お忙しい日に、すみませんでした」

「もう一言、言い添えておくとね、喜平さんと別れるだの、離婚だの、と騒がないでよ。喜平さんが町で、黒川屋の女将が告げ口したからだと、一言でもいえば、その日のうちに噂は町じゅうに拡がるし、うちの信用がなくなるけんね。座敷に登ったお客は秘密にする。それがこの商売だからね。あんたも、ずぶの素人だったわけじゃないし、わかるでしょ」

黒川聖子は、そう念を押すと、玄関の引き戸をおもいきり閉めた。

優衣子はどっと疲れた。

優衣子は針箱のまえに坐り込み、博の育て方、夫の浮気にたいする憤りについて、心底から考え込んでしまった。離婚への決意が、あやふやに揺れてしまう。優衣子の脳裏では、「女房のあんたの責任よ」という黒木聖子のことばが、なんども渦巻いていた。

「痛い」縫い針が指先に刺さり、小粒な血玉が浮いた、その指腹を口で吸った。

玄関が開いた。妙に元気のない引き戸の音だった。

「博でしょう。話があるの。足を洗ってこっちに来なさい」

優衣子はすぐさま母親の口調になった。二度声をかけても、座敷に上がってくる気配がなかった。

「言うことを利かない子ね」

針箱のまえから立ちあがった優衣子は、仕切りのガラス障子を開けた。上り框《かまち》に腰を落とす博の顔は傷ついている。上服は血と泥にまみれている。半ズボンから伸びた両足には青い痣《あざ》がある。

「どうしたの。また黒川玄一君と喧嘩したの」

無言の博は両手で、腹部を抑え込んでいる。

「しようがないわね。お祭りなのに、喧嘩ばかりして」

優衣子は台所で濡れタオルをつくり、博の顔や足を拭きはじめた。

「くわしく話しなさい。なぜ、黙っているの。母さんに話したくなければ、警察署にいって話しなさい」

「いやだよ、警察なんかいかない」

博が上目でちらっと母親の顔をみた。

「だったら、聞かせなさい」

「赤チンを塗っておけば治る」

「頑固《がんこ》な性格ね」

優衣子は、博の靴を脱がせて、座敷に上げた。そして、鴨居《かもい》の棚《たな》から置き薬「富山の薬売り」の木箱を降ろし、きず薬を選びはじめた。

「ミミはどうしたの」

「厳島神社のまえで別れた」

「なんで、ミミの面倒を看られないの。博の妹でしょ。祭りの日はよそ者が大勢木江に来ているのよ。もし誘拐されたら、どうするの」

優衣子は消毒液を脱脂綿にしみ込ませてから、血糊《ちのり》のついた裂傷《れっしょう》に塗《ぬ》りはじめた。痛い、と博が顔をゆがめる。

「上着を脱いでみなさい」

嫌がるので、優衣子が縞模様の上服を剥《は》いだ。短ズボンも脱がせて、全裸にすると、恥ずかしがる。打撲の青あざがおもいのほか幾つもあった。

「ひどい喧嘩をしたのね。病院に行こう」

夫は櫂伝馬《かいでんま》に乗っているので、手を借りられない。

「ごめん下さい」

壮年《そうねん》の男性の声が、玄関口から聞こえた。日焼け顔の五十代の農夫が、寝入るミミを背負っていた。

「すみません。ミミは、どこにいたのですか」

「うちのミカン山のちかくです」

「お祭りの神社の境内じゃなくて、ミカン山で遊んでいたのですね」

優衣子がそう言いながら、農夫の背中からミミを受け取った。座布団を寝床にして横たえた。

優衣子の目が一瞬、服を着はじめる博にむけられた。その目は妹すら、面倒を見られない、と叱っていた。

「山で遊んでいたわけじゃなくて、林道で泣いておった」

「冷たい飲み物でも、どうぞ」

「いやいや、まだ子どもの神輿《みこし》の世話があるけんの。ゆっくりできん」

農夫は、ことし当屋《とうや》（祭祀の当番地区）で、神輿の付添《つきそい》をしていたという。突然、ミカン山の方角から、激突音がひびいた。去年のゴンドラ事故がよみがえり、農夫は自宅に帰ると、三輪トラックでそちらに向かった。ゴンドラの鉄柵《てっさく》が押しつぶされ、歯車《はぐるま》も脱輪《だつりん》し、谷間を渡るロープもゆるんでいた。

「犯人は誰じゃ」

農夫は三輪トラックで、一帯を探しはじめた。ミカン山が途切れた先、竹林と杉林のある林道で、この少女が泣いておったんよ、という。猿渡ミミと名のった。一般にある苗字じゃないし、喜平さんの子だろう、と想像ができた。

街なかは十七夜祭りで、車は全面交通止め。ひとまず三輪トラックで少女を農家の母屋に連れてきた。そして、パイナップルの缶詰と、牛乳を与え、孫娘の人形をもたせると、少女はテーブルの脇で寝てしまった。

「あまり長く寝させると、家の者が心配しておるじゃろうと、背負ってきたんよね」

「お手数をおかけました。人形をお返しいたします」

「うちの孫娘はもう高校生じゃけん、使こうてください」

農夫が立ち去ると、優衣子はまず置屋にむかった。細君に事情を説明し、ミミを預かってもらうことにした。そして、自転車の荷台に博をのせて光本医院にむかった。

院内では、おもいのほか待たされたあと、若い医師が博を診察台に横たえてから治療をはじめた。裂傷は三か所で一二針ほど縫った。レントゲン撮影の結果、肋骨《ろっこつ》にはわずかなヒビが入っているという。

「けんかの相手は大人かね、子どもどうしかね?」

医者に問われても、博は両唇を閉じていた。

「この子は頑固なところがあるんです」

「仕返しが怖いのかね。医者はね。他人による傷害があると、警察に通報する義務があるんだよ。いずれにしても一一〇番するからね」

木江警察署の少年課の警官ふたりが光本医院にやってきた。

病院が別室を提供してくれた。警察官は事件の事情を聴きとりはじめた。……、当初は無言だった博だが、警察官に二、三度うながされると、五人の不良メンバーの名前を挙げた。そして一部始終をかたった。ゴンドラで死にかけた場面になると、事情聴衆に付き添う優衣子は、鉄柵すら壊れる激突の場面を想像し、おそろしくて身体が震えてくる自分を意識した。

(頭部が粉々になった、博の遺体)

考えるほどに、背中の戦慄《せんりつ》が止まらなかった。

「これは軽い事件じゃないよ。猿渡博君の生年月日は?」

年配警察官は最初から、こと細かく状況を聴きなおしていた。

「これから捜査に入ります。被害届はご自宅にお持ちしますから、きょうにも提出してください。被害者は十一歳ですから、母さんの名前で結構です」

少年課のふたりは、そう言い残して立ち去った。

優衣子はふたたび医師に面会をもとめた。

「博君はきょう一晩、自宅で経過をみてください。夜は熱が出るでしょうから、解熱剤と痛み止めを処方しておきます」

その薬をうけとった優衣子は、自転車で博を自宅につれて帰ってきた。四畳半に布団を敷き、博のからだを横たえた。水枕《みずまくら》を用意し、濡れタオルで額を冷やす。そして、置屋にミミを引き取りに往《い》って復《かえ》ってきた。

喜平の帰宅は一〇時過ぎで、打上げ会だったといい、酒の臭いをただよわせている。去年は総合優勝で、ことしは自分が造った櫂伝馬で最下位だったとしょげていた。夫は荒れる性格ではなく、ため息をついて打上げ会を語っている。

「子どもはもう寝たんか」

「博は不良グループ五人に襲われて大怪我です。あなたがびり尻だったことが、原因みたい」

優衣子はふだんとちがって、ことばに棘《とげ》があった。

「そうか。宇浜がビリ尻だった、ワシのせいか。五人は誰と、だれや」

喜平は消灯した四畳半を開けて、博の側に近寄った。激痛の博は眠れていないようだ。

「夕方から警察が調べています。博は今晩寝させて、しゃべらせない方がいいわよ」

と言うと、喜平がふかく考え込んでいた。

優衣子は博の額の濡れタオルを台所で絞り直してきた。すると、博がゴンドラから飛び降りた瞬間を、父親に説明していた。

「よう飛び降りる決心ができたのう。そうじゃなければ、お祭りの今晩がお通夜で、あしたは葬式じゃ。勇気があるのう、さすが先祖は武士だの」

という喜平の視線が、優衣子に流れてきた。彼女は眉をひそめて、

「博を寝させてあげなさい」

「布団を敷いてくれるか」

優衣子が六畳間に敷布団と、薄い掛布団を一枚用意した。ステテコ姿で寝転がった喜平が、優衣子の手を引いた。彼女はとっさにふり払った。

（きのう黒木屋に登楼したのに、よくわたしを抱く気になるわね）

優衣子はそんな想いで睨《にら》みつけると、黙って博とミミの部屋に移った。

一晩経過をみた翌朝、光本医院の医者が博の患部を診て消毒した。そのうえで、腹部破損の疑いがあるから、呉の総合病院で精密検査をうけたほうがよい、と紹介状を書いてくれた。そして、早い方が良《い》いとつけ加えた。

わが家にもどると、喜平はすでに造船所の勤務に出かけていた。優衣子は博の入院を想定した。バッグに保険証、寝間着、タオル、スリッパ、洗面具、ちり紙などを詰め込んだ。ちゃぶ台のうえに喜平への書置きを残すと、三歳児のミミの手を取り、博を気づかいながら家をでた。途中の銀行で、お金を降ろしてから、竹原行の定期船に乗った。

紹介された総合病院は呉駅から、おもいのほか近かった。博は血液検査、尿検査、エックス線、眼下の検査、脳神経科と次つぎとまわされた。……肝損傷《かんそんしょう》、肋骨にヒビ、裂傷は三カ所である。即時、入院の手続となった。

三階の小児病棟の六人部屋で、そこから呉の港が一望できた。博がパジャマ姿で、ベッドに横たわると、優衣子は病院内の売店で、不足の物品をかいそろえた。わずかな時間でも、ミミが病室に飽きて、あちらこちら動きまわる。娘のほうに手を焼いてしまった。

約束通り、木江警察署の少年課に電話を入れた。夕刻には、昨日とおなじ警察官が病院に訪ねてきた。

「お呼びたてしたようで、すみません」

「職務ですから。気にしないでください」

警察官は特別面会室を借りて、優衣子から事情を聴取した。五人は本署の別の警官が取り調べている、という。

「十三未満の場合は、大人の犯罪とちがい、警察署のなかで微罪処分《びざいしょぶん》ができないんです。たとえ一〇円の窃盗《せっとう》といえども、すべて家庭裁判所に書類を送る必要があります。そうしなければ、警察が違法処理だと罰せられるのです」

「はじめて知りました」

「こんかいは五人すべて十三未満ですから、親は家庭裁判所に呼びだされて、子どもの保護能力があるか、と問われます」

「大人よりも、厳しいのですね」

「そうです。博君の暴行傷害事件は、ゴンドラで命を落としかねない悪質な犯行ですから、主犯格は鑑別所送りになるでしょう。その先は、少年院かな」

そんな知識を授けてくれた。

この日の夜は、病院にちかい安宿に投宿した。

翌朝、船大工の喜平が職場を休み、小児病棟の病室に顔をだした。ふだん着よりましなねずみ色の服装だが、いつもの癖で腰に手拭いを下げていた。

優衣子は夫に一通り治療の説明をした。

「買い物があるから、博と話していて」

いまだ夫の浮気が胸につかえる優衣子は、気まずく夫の側にいたくない心境だった。売店に往って復って、しばし談話室の窓から呉港の景色を見てから、彼女は病室に戻ってきたが、入口で足を止めた。

「女郎っ子と、ぼくはあだ名されておるけん、勉強で見返しておるんだ」

「一度ついたあだ名は、消えんからのう」

「女郎っ子も嫌だけれど、黒川屋の玄一は『吸血鬼』と、豪次郎からあだ名されて、気の毒だな。これからつづくとおもうな」

それは母親には語っていない内容だった。博は父親とならば、なんでも話せる態度におもえた。

「こんかいの事件で、博は九死に一生を得た。こういう人物は大物になるんで。父さんはどんな苦労をしても、博を広島大学、東京大学でも行かせてやるけん。学者か、医者か、裁判官か、世のなかのために尽くす人間になれよ」

「わかった。勉強は頑張る。ねえ、父さん、母さんと別れるの?」

「なにかあったのか?」

「ぼく、そんな気がするんだ。離婚しても、ぼくは父さんについていくからね。『生みの親よりも、育ての親』と言うだろう」

「母さんと別れる気なんて、これっぽっちもない。良い母さんだ、勿体《もったい》なくて、別れられるか。父さんは惚《ほ》れに惚れて、再婚したんだ。気持ちは変わっておらんど」

「そうなんだ。母さんが呉にすむと言うたから。両親は別れるのかな、とおもったんだ」

「それは笑い話じゃ。入院した博に付き添って看病するためよのう。大崎上島から呉まで、毎日、通いはできん」

「よかった。離婚じゃないんだ」

優衣子が仕切りのカーテンを開けた。

「桃を買ってきたよ。とても良い匂いがするから。ほら」

優衣子が新聞紙で包んだ袋から、赤みがかった白い桃を取りだし、博の鼻先に近づけた。病室いっぱいに良い香りが漂う。

「あなたも、食べたら」

優衣子が果物ナイフで、四個の皮を剥《む》いて等分に割った。

「うまいのう」

好き嫌いがない喜平が、いつものように素朴な笑みを浮かべていた。

二時間ほど経ったころ、小児病棟の廊下には昼食の配膳車がやってきた。優衣子はその世話を一通り焼いた。

「話があるの」

優衣子は喜平の耳もとで、さりげなく小声で言った。

「深刻な話か」

「ここでは話せないから」

博の昼食が終わると、その食器を配膳車にもどした。博にはひとこと昼食を外でとってくるからね、と声掛けをしてから、ミミも連れて三人で病棟から出た。本院一階には診察や投薬を待つ大勢のひとがいた。正面玄関の先には、小さな洋食屋があった。喜平が焼き飯、優衣子はオムライス、ミミには小分けした。

「用件は何だ？」

「あとで」

「入院費なら心配するな。ワシがなんとかする」

本来なら、不良グループの親に、治療費を請求するべきだが、子も子ならば、親も親だ。奴らは港の与太者《よたもの》で、厄介《やっかい》な連中だし、こちらが治療費や慰謝料を請求すれば、被害届を撤回《てっかい》してくれ、と条件をだすに決まっている。

「こちらから悶着《もんちゃく》は起こさないほうがいい」

焼き飯を口に運ぶ喜平が、そこらの事情を説明していた。

「そうね」

「問題は警察ざたにしたことだ。奴らの仕返しがあるのかな」

「それは大丈夫みたい。少年課の警官が親身になってくれてね、被害者が警察に犯罪を告発したからといって、難癖をつけたり、暴力的な仕返しをしたりすれば、ゼッタイに許さない。抗議の電話ひとつでも、即刻逮捕すると、わたしに約束してくれたの」

「それは良い約束を引きだせたものだ。さすが優衣子だ。与太者が最も恐れるのが警察じゃけんのう」

「人目のないところで、お話ししましょう」

洋食屋の勘定をすませた。

三人は角を二度曲り、単線の呉線の踏切を渡った。軍港の呉は、太平洋戦争の末期には米軍の攻撃で、焼け野原になったところだ。

「ワシは戦時ちゅう、徴用《ちょうよう》にとられて呉で働いておった。日本最大の軍港だから、米軍の空襲は凄《すさ》まじかった。入航していた戦艦の榛名《はるな》などは燃料の石油不足で動けず、陸上防衛の高射砲《こうしゃほう》代わりじゃや。結局は沈没（大破・着底）の憂《う》き目にあった」

戦後九年経った今も、世のなかは食糧難がつづいている。山側の斜面には、畑や菜園が目立つ。麦藁《むぎわら》帽の農夫が真夏にしげる雑草を刈っていた。かたや、海側の乾いた道路沿いには新興住宅が建ちならぶ。

海岸通りを東の方角にいくと、呉造船所の巨大なタワークレーンが目立つ。二万トン級の大型タンカーが建造されていた。鉄板から幾つもの溶接火花が散る。その先から、人気がない竹藪《たけやぶ》を抜ける坂道を登った。呉湾が見下ろせる小高い丘で、足を止めた。江田島、名も知らない小島、手前には製鉄所の白煙があった。音戸の瀬戸の渡船《とせん》が行きかう。ちかくには呉線の汽車の黒煙が通り抜けていた。

お話があるの、ミミは独りで遊んでいなさい、遠くに行ったら、だめよ、と側から放した。すると、娘は雑木で啼く油蝉を追いはじめた。

「あなた、前夜祭の花火大会はどこで、だれと観ていたの？　家族でいっしょに神社詣でしてから、花火を観にいく、という約束を破って」

優衣子は強い視線で喜平の顔をみた。

「そのことか。だから、ここのところ、おまえはえろう機嫌が悪かったのか。博の事件だけじゃないと、おもうておった」

「正直に話してよ。嘘や、言い訳は聞きたくないからね」

「あの日は、櫂伝馬大会の前日で、夕方まで練習があった」

「そんなことはわかっているわよ」

「ずいぶん怒った顔よのう、おまえの悪い癖じゃの。なにか噂が耳に入っているんだったら、自分の口からはっきり言えば、ええだろう」

「噂通り言えば、調子よく、口を合わせるのが、あんたの性格よ。わかっているんだから」

「わかったよ。ワシは家族《うち》の者で、花火を観る約束があるけん、帰ろうとしたけどよ。太鼓係が今夜は前祝じゃ、徳盛《とくもり》料理屋の二階の座敷で、飲もうと決めてしもうた。ワシはことし大櫂《おおかい》の艇長だ。前祝と言われると断れん立場じゃ」

「あなたは後ろめたいから、徳盛料理屋だと言っているのでしょ」

彼女はきつくにらんだ。

「ところが、徳盛は花火の客で座敷が満員よのう。だから、太鼓係が黒川屋の広間を借りたんよ」

「黒川屋って、なに屋なの」

というと、喜平がばつの悪い顔になった。

「女郎屋じゃ。でもな、大広間は宴会ができる。ワシら宇浜組が二時間の約束で、芸者を呼んで、騒いでおった」

ミミが戻ってきて、いっしょに蝉を取ろうというけれど、まだお話が終っていないの、と突き放した。

「広間だなんて嘘でしょ。個室でしょ」

「ほんとだ。八時まで二時間は大広間におった。次の予約が入っており、明け渡すことになった。花火はまだ打ちあがっておったし、太鼓掛が二階、三階の海側の小部屋で観ようやと言い、分散した。ワシは酒が入ると、すぐ眠くなるタチよのう。おまえも知っておるじゃろう」

優衣子はあえてうなずきすらも、与えなかった。

「座布団を二つ折りにした枕で、横になって窓から花火を観ていたら、すぐ寝てしもうた」

「あなたね、わたしはかりそめにも楼閣《みせ》で働いていた身よ。黒川屋の二階で、姐さんと指一本触れず、花火を観ていただなんて、そんな嘘が通用するとおもうの。女の膝枕《ひざまくら》でしょ。ごまかさないでよ」

「頭ごなしに疑うのは、おまえのわるい癖じゃ。たしかに膝上にどうぞ、と言われたら、ワシも男じゃ、そうしたかもしれん。ほんとうに酒で、よう覚えておらんのじゃ。寝てしもうたことは確かよ」

（九割がた怪しい）

優衣子のこころの一角では、夫は浮気をしていなかったと信じたい気持があった。とことん全面否定で、妻の自分に嘘を貫き通してほしい、という矛盾に満ちた厄介な心理があった。

「二階で、もう花火は終わりましたよ、と姐さんに肩をゆすられて目が覚めたんよ。うちの家族に悪いとおもうて、急いで帰ってきた。花火が終ったのが九時じゃ。わが家に着いたのは九時半かな」

（一〇時でしょう。ショート・タイムもあるでしょう）

由紀子はあえて口にしなかった。

「後で、ばれないようにね」

優衣子は追いつめる力を弱めた。

「真実じゃ」

「あんたと結婚してから、わたしは身ぎれいよ。穢《きたな》い過去があるから、なおさらよ。造船所で働いていても、男のしつこい誘惑にもいっさい乗らない。造船所が主催する宴会も、全部断ってきたわ」

「わかっておる。だから、安心できる女房じゃ」

「あなたの女遊びは病気なの？　それとも、わたしが不満だから、隠れて女郎屋に行っているの？　これまで勘付《かんづ》いていないふりをするのが、家庭円満だとおもっていたの。あなたとの間にミミが生まれたし。博も可愛がってくれるし、こんな家庭は捨てたくなかった。本心からね」

（全部ばれていたのか）

喜平の顔には、そんなバツの悪い表情が浮んでいた。

これ以上追い込むと、喜平は離婚歴のあるだけに、別れようと言いだしかねない、と自分のことばに警戒した。

「どうなの。わたしが不満なの。それだけは教えて」

「ワシは、女郎だったおまえと再婚した。町の者が女郎にうつつを抜かして、バカだと笑った。しかし、ワシは本気でおまえの人間性が好きだった。赤い糸と言うじゃろう。優衣子と夫婦になるべきだったのに、先妻とは遠回りの道だったとおもえた。ワシは笑う町の衆に意地でも、優衣子と結婚して、離婚しないとこころのなかで誓った。博とミミが好きで、いまのワシの生きがいにもなっておる」

「わたしは生き甲斐じゃないの？」

「はっきり言えば、失望じゃ」

「ズバリ言うのね」

「女房にしてみれば、女郎時代とぜんぜん違う。媚《こび》のひとつもない。……ちょっと待て。反論や言いたいことはあるじゃろうが」

「黙って聞くわ」

「夜のおまえはたいがい拒否する。渋々応じても、全裸《はだか》になりたがらない。キスすら嫌がる。人形のように反応しない。こんなものか、と口惜《くや》しかった。しかしのう、ワシは性の不一致という流行語で、おまえと離婚などしたくなかった。だから、極力、女房のおまえにばれないように遊んだ。男の性欲のはけ口じゃ。つねに、ばれたときの言い訳は考えておった。これが本音よのう」

夫が開き直った態度に思えた。

優衣子は両唇をかみしめた。……楼閣《みせ》で働いていたころ、客の男に抱かれてもセックスに歓びを感じない、木彫り人形になろう、と自分は務めていた。淡白な女でなければ、女郎となった自分の境遇が惨《みじ》めだから。姐さんたちからは、男を上っ面で喜ばせても肉体が心底から燃えない助言を受けていた。それが結婚生活にも、そのまま影響していたみたい。

この場で、優衣子はその説明をしなかった。

夫は無言で、眼下の呉造船所の溶接火花が散る光景を凝視していた。

「たしかに、わたしが造船所の勤めで疲れて帰ってきても、家事と養育があるのに、あなたは夜になるとからだを求めてくる。身勝手ね、と思っていた。そんな考えが、むかしの木偶《でく》の坊《ぼう》の女にもどさせていたのね」

「こうなると、はっきり言うけれどのう。結婚前のおまえは商売だったにしろ抵抗なくおもうように抱かせてくれた。しかし、いまは違うで。寝床で一言も二言も、疲れておるとか、あれこれ生活の愚痴《ぐち》とかを言い、渋々とパンツだけ脱いで、どうぞ。そんなおまえに、燃える欲情などわいてこん。ありがたいともおもわん。いま流にいえば、ムードがねえ」

（言われてみると、自分が恥ずかしい）

「夫婦生活は夜だけじゃねえ。朝も、昼も、夕方もある。今後も、夜の優衣子がそうだったとしても、ふたりの子どもは夫婦で育てんといかん。ワシは離婚せん。安心しろ」

「本音ね」

「そうだ。本音だ。ワシの手や指が性感帯に触れたら、からだが敏感に感じて悶《もだ》える。おまえはそれを罪とか、恥とか、見下しておるんじゃないか」

「かなり当たっているとおもう。二十二歳のときから、性は金儲けで穢《きたな》いもの、媚を売るのは商売のため。それがいまだに頭のなかに染《し》みついて離れなかった」

「結婚したら、商売女じゃない」

「そうなの。実はね、嫌な黒川屋の女将さんに、こう言われたの。女郎時代の女のからだは商売道具でもよかった。夫婦だから心底から燃えてあげるべきよ。何のために、喜平さんが先妻と別れて、全財産をはたいてまでも、あんたと再婚したのよ、女遊びは、ぜんぶあんたの責任よ、とさんざん小言をいわれたわ」

「あの女将がね」

喜平がおどろいた表情をみせた。

「黒川屋の女将さんは自分の息子が、『女郎屋』、『吸血鬼』と言われて、母親として怒って、腹の底から、ぶちまけたみたい。だから、わたしへの叱責《しっせき》は真実なのよ。わたし自身、結婚してみて、すごい焼き餅の性格だと知ったの。あなたをどの女にも取られたくなかった。だれにも、抱かせたくなかった。あなたの噂が耳に入れば、感づかれないようにイライラしていた。でもね、元女郎という劣等感から、自分の嫉妬《しっと》は押えに抑えつづけてきたの」

「意外な、おどろきじゃ。嫉妬をしておるように、見えんかったのう」

「女ですもの、焼き餅はやくわよ。黒川屋の女将さんに言われたように、これからわたしは自分を変える。わたしからあなたを寝床に誘って、下着まで全部脱がせて、と媚《こ》びても、そこのところもっと触《さわ》ってと甘えても、むかしは女郎だったから、性がつよいと蔑《さげす》まないでね」

「あたりまえじゃ。女房が夜の寝床で積極的になってくれたら、亭主は喜ぶものよ。生き甲斐にもなる。この女房を心底から大切にしたくもなる」

「夜は断わらないから、わたしの肉体に厭《あ》きないで抱いてね」

「厭きるもんか。おなじ造船所で働いておるんじゃ、おまえがひどく疲れた日はわかる。『きょうは静かに寝せて』と一言いってくれ。わしはそれを信じる。寝間着のうえから、おまえの乳房や太腿を触るだけにとどめる。男じゃけん、まったくゼロとはいかんのよ」

「こういうことも、本音で話せる夫婦になろうね」

優衣子は夫に腕をそっと回してから、もう帰るわよ、とミミを呼び寄せた。

入院から小一週間で、博の容態が落ち着いてきた。息子はもう、ひとりで病院生活ができる、母親は付き添わなくてもいい、と突き放す。喜平が呉の総合病院に見舞いにやってきた。

「そんなわけで、島に帰り、わたしは働きに出たいの。来年は、博の修学旅行があるし、稼いでおかなくてはね。ふだんは端切《はぎ》れをあつめた手縫いの上服を着せていても、修学旅行のときは新品の学生服を買い与えないとね。きょうは、あなたといっしょに島にかえりましょう」

「それがええ。この小児病棟で、博は友だちもできたようだし。独りでやらせた方が自立心もつくけん、いい勉強の機会じゃ」

夫婦はそろって帰路の呉線に乗った。蒸気機関車がはしる単線である。黒煙をはき出しながら、踏切ごとにボー、ボーと汽笛を鳴らす。客車は海岸沿いのギリギリをはしる。

ふたりは車窓がわで向かいあっていた。瀬戸内の島々、手前の砂浜や岩礁が飽きることもなく変わっていく。

優衣子の視線が、それらの景色から喜平の顔にもどってきた。

「こんどの事件では、博は我慢づよくて、何も言わなかったけれど、『女郎っ子』というあだ名が、喧嘩の発端《ほったん》のひとつだったみたい。そろそろ思春期だから、母親として、憂鬱《ゆううつ》だわ。六年生とか、中学生になれば、男の子も性に目覚める年頃でしょう。どう逆立ちしても、わたしの過去は消せない」

彼女の声がまわりの客に聞こえないように小さくなっていた。

女郎っ子という蔑視《べっし》がなにを意味するのか、と博がそろそろ売春の実態を知ることになる。

戦中、戦後と、幼子を抱えた優衣子は、女手で生きていくうえで、必死だった。昭和二一年には、肉体を売る女郎の道を選んだ。博が思春期になれば、それを正当な理由には思えないはず。女郎への選択が、いまの彼女のこころを苦しめていた。

「根の深い問題よのう。なにか妙案はないかのう」

「せめて、女郎っ子と言われる、木江小学校から環境を変えて転校させてあげたい。遠縁をたよって備中の高梁《たかはし》にでも転校させてみる?」

「どんな土地かよう知らんけど、木江小学校から転校してきたといえば、母親がおちょろ舟の女だ、と街の衆にはわかってしまうぞ。むこうでも、『女郎っ子』と言われかねない」

「その可能性もあるわね。高梁でも、女郎っ子と言われて、いじめられたら、親はそばにいないし、おもい悩んで自殺でもされたら大変だわ」

「転校させるなら、南小学校はどうだ?」

来年の昭和三〇年三月三十一日に、木江町ととなりの大崎南村が町村合併する。大崎南村は沖浦、明石という海辺の集落で構成されている。人口は五〇〇〇人くらい。南小学校はその沖浦にあった。おなじ木江町立の小学校として、いまの南小学校が「木江南小学校」に校名を変更する予定である。

喜平がそうした状況を聞かせたうえで、

「博をこの二学期からでも、となりの南小学校に転校させてみんか。友だちの環境は変わるじゃろう。そのうえ、博は親元に住んでおる。高梁よりも、南小学校のほうがずっとええとおもうで」

喜平の顔が妙案だという表情を浮かべていた。

「でもね、木江の自宅から沖浦の小学校まで、どうみても五キロ以上はあるわよ。五年生が野賀の岬をまわり、歩いて通える距離じゃないでしょう」

「そんなら、博に自転車を買《こ》うてやればええ」

「雨や嵐を考えると、二の足を踏むわね。雨合羽《あまがっぱ》を着せたとしても、自転車通学はびしょ濡れで可哀そう」

「なら、こういう手もあるぞ、定期船の船通学じゃ。木江一貫目の桟橋から沖浦桟橋まで、船で通わせたらどうだ。これなら、雨に濡れることもなかろう。客室で、博は好きな本でも読めるけんのう」

「あなたの提案に、いちいち水を差すわけじゃないけれど、台風とか嵐とか、悪天候の日を考えると、船は怖いわ」

優衣子の脳裏には、荒天《こうてん》で揺れるおちょろ舟の怖さがよみがえっていた。船酔いから一晩じゅう気持が悪くて、本船の甲板や便所で嘔吐《おうと》していた記憶もある。

「そんなこと言っておったら、なにも前に進めんぞ。結局は木江小学校しかない、元の木阿弥《もくあみ》じゃ。それにな。中学は持ちあがりだぞ。このさき五年間は、博は可哀そうに『女郎っ子』と言われつづける。子どもの身になってよう考えてみろよ」

喜平はやや叱り口調になっていた。

「あなたの言うとおりね。転校させないと、親はなにもしてやれなかったのと同じことね」

「そうじゃ。ここは親の決断のしどころよ」

「船通学に決めるわ」

優衣子には、汽車の窓からみる、きょうのような日和《ひより》の良い海ばかりとは限らない不安があった。しかし、これを口にしたら、喜平のいう元の木阿弥になる、と危惧《きぐ》をこころの奥に押し込んだ。

「それがええ。海は年に数回えろう荒れる。だがな、船会社のほうで、用心して欠航するけん、だいじょうぶじゃ。そのぶん勉強がすこし遅れるけど、嵐はそう何日もつづかん。利口な博なら、勉強の遅れは取りもどせる」

「あの子には勉強の遅れはないでしょう」

「まあ、自慢できる利口な息子よの」

汽車はいま安浦《やすうら》の海岸をはしっている。沿線には浅瀬《あさせ》や磯が多い。

「定期船が万が一、磯に座礁《ざしょう》して沈没しても、博は一キロや、二キロくらいなら遠泳ができる。なにか緊急事態が起きたら、すぐ救命胴衣をつけろよ、としっかり教えておけばええ。いのちを失くす事態《じたい》にはならん」

「あなたが泳ぎを教えてくれたから、感謝するわ。さっそく木江小学校に事情を話して、南小学校に転校を申し出てみる。不良グループの暴行事件があったから、学校側は認めてくれるでしょう。そうだわ。あなた、ブドウ食べる?」

優衣子が手提げの布袋から、ひと房のブドウを取りだし、水色スカートの上にハンカチをおいてから紙包みを開いた。良い香りがただよう。向かいあう喜平が手を伸ばす。二駅ほど、ふたりはブドウの甘味を話題にしていた。

車窓の真横の海には、大崎上島の神峰山が浮かぶ。その山容は富士に似ている。視線を手前に引けば、箱庭のような大小の島や、多種多様な鋼船《こうせん》が航行する光景があった
「ワシはいちどおまえに話そうと思ってたことがある」

「厄介な話なの」

「まあ、受け止め方しだいよの。いまは木造船から鋼船の時代になって、かつての木工仲間が溶接棒の火花を散らすご時世《じせい》じゃ。鋼船づくりの溶接工になれば、時給の高い、呉造船所のような大手でも働ける。しかし、ワシは稼ぎが良くなくても、船大工にこだわりたい」

何故かと言って木の板目、木の香り、肌触りが大好きだと喜平は話す。鋼船の時代になっても、船内艤装《ぎそう》とか、手摺《てすり》の彫り物とか、船箪笥《ふなだんす》とか、神棚《かみだな》とか、木工作業は消えたわけではない、と喜平はつけ加えた。

「それでいいとおもうわよ。自分の好きな道だから。そのうち、きっと木工職が激減しすぎて、いずれ、あなたの腕に価値がつくはずよ」

「艤装設計を補佐するおまえよりも、ワシの稼ぎのほうが、もたもたすると少なくなるぞ。それでええんか」

「あなたのはたらきぶりは、好きよ」

蒸気機関車は竹原駅に着いた。

九月一日。博が転校する朝となった。風呂敷をもった優衣子が、カバンを背負う息子とともに、一貫目《いっかんめ》栈橋から定期連絡船「和歌丸《わかまる》」に乗った。博のほほと首筋には治療の痕《あと》があった。

木江港には二つの栈橋がある。それは町の繁栄の証しでもあった。船が出発してものの二、三分で天満《てんま》栈橋に着く。

この間に、母子は甲板のベンチに坐った。夏の暑さが残るだけに、潮風が心地よかった。目のまえには神峰山がそびえたつ。目的地の沖浦《おきうら》は、山容の南面を約四分の一周するくらい。この船の所要時間は、約一五分である。

天満栈橋を出航した和歌丸が、島の最南端にある野賀の鼻をまわりはじめた。眼下の潮の流れは速い。磯が、さも駆けているような錯覚に陥る。砂地と松林の入り江つづきの海岸に沿う。

焼玉エンジンの漁船とすれ違う。沖浦の漁師の船らしい。こちらからの船脚の波で、漁船がおおきく横揺れしていた。

「嫌だな」

博の目が先刻《さっき》からことさら反発している。

優衣子は無視していた。

「ぼくはもう五年生だよ。ひとりで行けるよ」

子ども扱いを嫌う齢だった。

「あなたは小学生よ。転校日に親が学校についていくのは当たり前でしょう。一人で行かせたら、親が笑われるじゃないの」

「笑われたって、いいじゃないか」

「憎まれ口をきくわね。傷が治っていない、ほっぺをつねってあげようか」

優衣子が、仏頂面《ぶっちょうづら》まで手を伸ばすと、かれはとっさに首を傾けた。

和歌丸が、伊予の大三島を後ろに追いやり、真横に岡村島をひきつけて、さらに前方かなたには大崎下島を呼び込んでいる。

定期船の汽笛が鳴った。と同時に、エンジン音が低下し、徐行で沖浦港へ入っていく。

港の波止場には、屋根に帆を張った手漕ぎ漁舟が数多く、その舳先《へさき》を並べる。その合間をぬった和歌丸が桟橋に接舷《せつげん》した。

優衣子が博の手を取って下船しようとすると、ひとりで降りられるよ、と息子がそれを振り払った。そして、博が身軽に桟橋に飛び降りた。

（母親と手をつなぐのが恥ずかしく、親を遠

天満桟橋

ざける年齢になったのね）

海が怖い優衣子のほうが、下船に慎重な足運びだった。

上陸すると、魚の臭いがする。同時に、木造建ての南小学校が視野のなかに収まっていた。そこまで徒歩五分だと聞いている。村の県道は未舗装で、漁具や浮き球や魚網があちこちに干されている。いたるところで、猫が徘徊《はいかい》していた。

「恥ずかしいから、母さんはもう帰っていいよ」

「なにが恥ずかしいの。なんども言ったでしょう。最初の日は親が先生に挨拶するものなの。母さんは造船所の仕事があるから、挨拶したら、すぐ帰るから」

「別に、来なくても否《い》いのにな」

南小学校の受付を兼ねた職員室の小窓で、優衣子が声がけすると、すぐさま五年生の担任だという男子教諭が迎えに出てきた。

「お待ちしていましたよ。こちらにどうぞ」

担任は活発な人で、職員室を通り抜けてから、校長室まで案内してくれた。机に向かっていた校長が立ちあがり、

「博君、みんなと仲よくして、がんばろうね」

という微笑みのことばをかけた。それは木江小学校で不良グループから暴行をうけた被害者の少年だと知った上でのことばだと、優衣子にはかんたんに想像ができた。彼女は親として型通りの挨拶をした。

「博君は教室にいこうか。先生に、木江小学校の授業がどこまで進んでいるか、聴かせてもらおうかな。お母さんは校長先生と、どうぞ」

担任はさりげなく博の肩に手を置いて、校長室から出ていった。

「どうぞ、お掛けください。このたびは大変でしたね」

校長先生が応接ソファーに勧めてくれた。

「はい。転校にはいろいろ迷いもありましたが、夫と話しあいのうえで決断しました」

彼女は、呉線の車内で試行錯誤《しこうさくご》した、その内容をかいつまんで説明した。

「転校は良い決断だった、と私は考えますよ。陰湿《いんしつ》ないじめで、もし博君の登校拒否が起きると、お子さんの内面がしだいに傷つきますからね」

「わたしたちも、そう考えました」

「この小学校は漁師のお子さんが多くて、日曜など、親の手伝いで、漁に出たりしています。だから、男や女を問わず、みな泳ぎが達者で、明るく活発な主体性のある子が多い。それがこの学校の特徴です」

校長はちょっと自慢した口調で語った。

「博に、よい友だちが早くに見つかればいいな、とおもっています」

「大丈夫ですよ。博君はみた感じ、明るくて活発そうだ。成績は優秀だと内申《ないしん》がきております。きっと、みんなに慕われますよ」

それは校長の予想通りだった。

南小学校に転校した博は、学校に慣れてきた十月に入ると、通学定期券を利用して日曜日でも、沖浦や明石の友だちを訪ねている。家庭内でも、話題が明るくなった。

十一月になると、博は日曜ごとに、クロダイ、フグ、メバル、名古屋ブク、キスなどの魚をもらってくるようになった。食卓にも変化ができた。

秋の虫が聴こえる台所で、優衣子が出刃《でば》包丁で、メバルを煮つけ用に調理していた。

「きょうも、メバルが六匹ももらえるなんて、気前のよい漁師さんね。市場に持っていけば、水揚げになるのにね。うちは食費が助かるけど。これって博が自分で釣ったの？」

「そうだよ。ボクが釣ったんだ」

「ほんとうなの？」

「疑い深いな。沖浦の漁師さんは、指先で釣り糸を垂《た》らす、一本釣りだよ」

博がそれとなく話題を逸《そ》らしていた。魚釣りとなると、博の口が重く、どこか曖昧《あいまい》で口を濁《にご》らせている。相手はきっと漁師の家の女の子だわ、と優衣子は見なしていた。……、沖浦や明石の男子同級生を訪ねたときは、松茸《まつたけ》狩り、柑橘《かんきつ》狩り、畑仕事、音楽や読書の話など、闊達《かったつ》に語るのに。

「じゃあ、竿は使わないのね」

「そうだよ。吊り上げた魚はね、生簀《いけす》で泳がせておいて、持ち帰るときに活〆《いきじめ》（血抜き）をしてもらうんだ」

これ以上、ふかく質問すると、博は嫌がるだろう。

夕飯の席で、父親の喜平が皿に盛られた煮魚の話題から、

「日曜日は欠かさず、沖浦に行っておるけど、好きな女の子ができたんか」

「ただのクラスメートだよ」

優衣子は黙って、おひつから喜平や博にご飯をさし出す。それでいて、博の顔の表情を盗み見ていた。

「そうか。ただの女友だちか」

「男でも、女でも、どっちでもいいじゃない。魚の味は、釣り上げた人間に関係ないんだから」

この話題から早く逃げたそうな態度で、博が口をつぐんだ。まぎれもなく女の子を意識している。魚の吸い物を早々と一気に飲んで、ご馳走さま、と立ちあがった。

造船所の進水式の翌日は、仕事が休みだった。優衣子が部屋の掃き掃除をしていたとき、博の机上に置かれた作文「一本釣り」が目にとまった。

こっそり読んでみた。……森照美《もりてるみ》の両親はともに漁船に乗ってはたらく。父親からは一本釣りのコツを教わった。大潮と小潮では、時間帯によって釣れる魚種《ぎょしゅ》がちがう。だから、餌《えさ》もちがってくる。昼飯は、照美の母親が船上の七輪《しちりん》で、ご飯を炊いて、鯛《たい》めしなど料理を作ってくれる。

「ぼくの母よりも、料理が上手で、とても美味しい」

「ここまで、書くことないじゃない」

優衣子は思わずつぶやいた。

作文をのぞき見た翌週の日曜だった。夕刻に、博がアブラメを八匹も持ち帰ってきた。食卓の

席で、喜平に問われて、博が自分で釣ったのが二尾、あとは森さんという漁師がつけ足してくれたと説明した。

「すると、六匹は森照美ちゃんがつり上げたアブラメか」

喜平が訊いた。

「どうして、知ってるの。森照美だと」

博が不可解《ふかかい》な疑惑《ぎわく》の目をむけた。喜平が応えないとなると、母親の優衣子に視線が流れてきた。

「犯人は母さんだな。ぼくの引き出しのなかの日記を検閲《けんえつ》しているの」

「検閲などしないわよ。戦時ちゅうの言葉をよく知っているのね。机のうえに作文があったから、母さんの目が自然に読んでしまったの」

「勝手に読むなよな。親子でも、信書の秘密があるだろう」

「今度は見られないように、作文はしっかり片づけておきなさい」

「それを父親に教えるんだからな。この親は秘密がぜんぶ筒抜《つつぬ》けなんだ。仲が良すぎるんだよな。子どものまえでもベタベタして。ミミそうだよな」

「うん。兄ちゃんの言うとおり」

「なによ。その言い草は」

「博、ばれたら仕方ないぞ。男だ、堂々と認めろや。男女の仲はこそこそしたらいけん。不自然になる。好きなものは好きでええじゃないか」

この先、博はどんな態度に出るのか。

優衣子は好奇《こうき》の目を悟《さと》られないように、息子のことばを待っていた。博には森照美が好きだという感情が芽生えているに違いない。女子に恋すれば、いずれ親から離れていく。優衣子は腹を痛めた子として、一抹《いちまつ》の淋しさをおぼえていた。

「わかったよ、これからは堂々と惚気《のろけ》るよ。木江のひとは博君の母さんきれいね、というけれど、照美ちゃんのほうがよっぽど美人だ」

「それは齢の差でしょう」

「兄ちゃん、わたしと比べてみて？　わたし三歳」

「照美ちゃんはずっと美人だ。おまえが大人になっても、足もとにも及ばない。ミミ、そんなことでべそかくなよな」

「このさい一度、森照美ちゃんをわが家に遊びに来てもらったらどうじゃ？　毎回、魚をもらってきていることだし。わが家でも、ご馳走《ちそう》のひとつもせんとな」

博はうっとうしい厄介な話題だな、という顔をしてから、

「照美ちゃんは親から、女の子だから、木江にいくな、と言われているんだ。南小学校の沖浦や明石の女子も、みなそうみたいだよ」

木江港の遊郭街では、入航船から上陸した船員たちが闊歩《かっぽ》している。あいてが中高校生の女子でも、二十歳前後の女性でも、婦人でも、姉ちゃん遊ばない、いっしょに飲まない、と声がかかる。指笛を吹いたりする。酔った男から、ずいぶん艶《いろ》っぽいな、良い尻をしているな、と卑猥《ひわい》なことばも投げかけられる。

木江の住人たちは、そんな雰囲気や空気感に慣れている。船員らの冷やかしの声にはまったく応じないし、相手にしない。しかし、ほかの地区の女性からすれば、荒くれた船員がたむろする危険な町におもえるらしい。女の子をもつ親はとくに警戒し、木江港に近寄らせない。

「親がそう言っているなら、ムリして誘わない方がいいとおもうよ」

優衣子は内心、博の初恋の女性ならば、なおさら木江港に来てほしくなかった。博の母親が木江港の元女郎だった。それが沖浦の照美にいきなり知られるとは思えないけれど、悪影響の場面までも気がまわり、こころが不安定になってしまう。

「男の子は母親に似た女を選ぶというからのう。照美ちゃんがどんな女の子か、いちど顔をみたかったたな。将来、婚約が決まって結納《ゆいのう》を交わすときに、はじめて見ることになるんかいのう」

「あなた、そんな話はまだ早いでしょう。極端すぎるわよ。恋する相手は成長とともに、次つぎに代わるものよ」

「ぼくは照美ちゃんに一途《いちず》の想いだよ。ご馳走さま」

博がちゃぶ台のまえから立ちあがった。

「こっちが、ごちそうさまじゃ」

ひょうきんな喜平が、猿まねで頭をかいて、家族を笑わせた。

博がとなり部屋に移ったが、すぐに引き返してきて、

「正月、初日の出を拝みに、神峰山に夜間登山するからね」

「照美ちゃんといっしょなの？」

優衣子が訊いた。

「一人で登るわけがないだろう。沖浦のお寺で、除夜の鐘をついてから、いっしょに登るんだ」

五つの町村の島民らは、ふだんから神峰山につよい想いをもっている。大晦日《みそか》・元旦恒例の行事のひとつとして、神峰山の夜間登山があった。三ルートの木江、沖浦、中野からの登山道には、ライトの灯が点と点で連続する。山麓《さんろく》からも、それが確認できる。

「ワシも若い頃、神峰山によう登ったもんよ。むかしは山頂に鐘楼《しょうろう》があったけん、百八つの煩《ぼん》悩《のう》どころか、登山者が数に関係なく、初日の出の直前まで、鐘をガンガン打ち鳴らしておった。戦時ちゅうは金属類の回収令で、釣鐘《つりがね》が持っていかれてしもうたけどな。真冬の山頂は寒いけん、たき火を囲んで、大勢が背中を温めておった」

暗い空が段だんと藤紫色になり、日の出の気配が追ってくる。浮雲が色濃くなる。やがて、眼下の小島の輪郭《りんかく》がはっきりしてくる。

初日の出が顔をだすと、双耳峰《そうじほう》の山頂から歓声があがり、新年の輝かしい日々を期待して祈る。

喜平がそんなふうに情景を語った。

「照美ちゃんは、初日の出を祈ったあと、山頂ちかくでお地蔵さんの赤い前掛けを、新品のと取り換えてあげるんだって。母さん、ぼくにもそれを作ってくれる?」

「赤い前掛けね、いいわよ」

「言っとくけれど、洗いざらしの古い生地はだめだよ」

「お地蔵さんは二、三日で雨に濡れるんじゃない」

「ゼッタイ新品にしてよ。照美ちゃんの分も作ってもらおうかな。漁船に乗ると、むこうの母親に昼飯をご馳走になるから」

「またまた、ごちそうさまじゃ」

喜平が猿まねで、顎を突きだし、両手で頭部をかいてみせる。こんどはミミだけが笑っていた。

「女の子といっしょに登るのだからね、博、怪我させないでよ」

優衣子が真顔で、母親の心配で注意を与えていた。


昭和三〇（一九五五）年三月三十一日に、木江町と旧大崎南村が合併して木江町になった。それにともなって校名が木江南小学校と変わった。

猿渡博《さわたりひろし》は六年一組で、担任教諭は富塚美智子《とみづかみちこ》だった。きょう四月十五日午後二時に、富塚教諭の家庭訪問が予定されていた。

四月中旬の天候は不安定で、朝の曇りもようがいっとき晴れたけれど、昼前には崩れて雨になってしまった。優衣子は造船所の仕事を一日休み、質素な借家だけれども、朝から部屋のなかをたんねんに掃除していた。

「きっと沖浦から定期船でしょうね」

博の勉強机のちかくに張られた『大長～竹原・時刻表』をみながら、優衣子は、一貫目桟橋まで、担任教諭を出迎えようと時間を見定めていた。

「ごめんください」

女性の声は二十代で、明るい感じだった。

「あら、もういらっしゃったのかしら」

窓から見ると、赤い傘をさす女性がすでに自転車を庇《ひさし》の下に止めている。サドルにはビニールカバーもかけていた。富塚教諭は短めの黒髪で、水色のブラウスとロングスカートだった。

優衣子は玄関先に迎えた。

「担任の富塚です。お約束の時間よりも、すこし早くなりましたけれど」

「けっこうですよ。むさ苦しい部屋ですが、どうぞお上がりください。強い雨になって、お濡《ぬ》れになりましたね」

挨拶《あいさつ》を交わした優衣子が、白いタオルを女教諭にさしむけた。そのうえで、七輪にかけたやかんの湯を急須《きゅうす》に注ぎ、四脚《あし》を開いたちゃぶ台のうえに、お茶をさしむけた。

「先生は、島の南小学校にいらっして、どのくらいになるのですか」

「きょねん教員になったばかりの、新米です」

富塚女教諭は面長な顔で、薄化粧だった。明るく、ハキハキしていた。二年前に国立大の教育学部を卒業し、離島経験から始まったのです、とつけ加えた。

「六年生の担任は大変でしょう」

「いいえ。都会とちがいまして、中学進学の競争がないですから、新参の教師でも六年生の担任になれるのです」

教諭の話し方からしても、育ちの良い上品さがあった。

「博は半年前に、南小学校に転校させてもらいましたが、学校のほうはどうですか……」

「猿渡君は友だちも多いですし、五年生の成績はとても優秀でしたから、このたび六年一組の級長にさせていただきました」

「森照美さんとは、おなじクラスですか」

最近の博はこの手の話題を嫌うので、優衣子はあえてさりげなく訊いてみた。

「はい、そうです。森さんには副級長を頼みました。猿渡くん、森さん、ともに活発で率先《そっせん》して、よく動いてくれます。みんなのまとめ役です」

「安心しました」

優衣子は、転校させて良かったと安堵《あんど》をおぼえた。

「担任として、猿渡くんと森さんに、たよる面が多いです。さっそくですが、きょうは修学旅行の一部変更のことで、個別訪問をさせていただきました。これが父母会で、承認された従来の計画です」

富塚教諭が水色の布バッグから『修学旅行計画表』を取りだした。

「博が持って帰ってきた計画書と、内容がまったくおなじですね」

五月十六日、沖浦港から、特別チャーターした客船で今治に渡る。

今治駅から予讃線と私鉄で金比羅《こんぴら》にむかう。琴平《ことひら》に宿泊。

同月十七日、高松へ移動し栗林《りつりん》公園、屋島《やしま》を見学。高松市内で宿泊。

同月十八日、宇高連絡船《うこうれんらくせん》で宇野《うの》に渡り、岡山、倉敷《くらしき》の大原美術展の見学。山陽本線で尾道《おのみち》着。チャーター船で大崎上島に帰島。

「はい。おなじ資料です。ルートや二泊には、変更がありません」

富塚教諭がそう強調した。

昨年まで、村立南小学校は宮島、高松、岡山などから一ルートを選択し、いずれの場合も、一泊の修学旅行だったという。

昭和二〇年代は、修学旅行は父母の負担が大きく、参加できない生徒が多くいる貧困の時代であった。戦後一〇年が経っても日本経済はまだ混迷《こんめい》、低迷し、戦前の生活水準まで達していない。ただ、親心から借金してでも、子どもらは修学旅行に行かせてやりたい、という風潮《ふうちょう》が世のなかに生まれてきた。

「このご時世です。二泊の修学旅行の計画には、当初から旧南村の関係者からつよい反発がありました。私は教師の立場から、コメントはできませんが、南村と木江町とではギャップがあまりにも大きすぎます」

「そうでしょうね」

木江港は朝鮮戦争の特需景気から、湾内のいたるところに造船所が建ちならび、二カ所にあるおおきな遊郭街《ゆうかくがい》で栄えている。入航する船が多く、官公庁も、商店も建ち並び、町全体が栄えている。広島県内でも有数の高額所得者が多い。町民は派手好みで、十七夜の花火大会では五〇〇

○発もの花火を打ち上げる。東京から人気の演歌歌手を招き、実演ショーを開催する。そのうえ、子どもにはお金をかけたがる風潮があった。

ことし昭和三〇年は町村合併記念で、小学校六年生たちの修学旅行は、高松から岡山をまわる二泊の豪華な旅にさせようと、木江港から意気揚々《いきようよう》と提案がなされたのだ。

「わしら沖浦は漁村じゃ。水揚げの漁は天候におおきく影響されるし。ナイロン魚網はまだ普及しておらん。一本釣りに頼っておるし、漁業所得は軒並みに低い。明石《あかし》地区も同様で、柑橘類に取り組むさなか、接ぎ木の樹はまだ若く、収穫による利益があがるのは、もっと何年もの先よ」

毎年、子どもの修学旅行そのものに負担が大きいのに、ことし急に二泊の修学旅行とは時期尚早《じきしょうそう》である。派手好みの木江提案には乗りにくいと、南村の大半が反対であった。

「木江港の連中は、江戸時代の文化・文政のお伊勢参りブームのような気でおる。小学校の修学旅行を二泊で押し切るなら、町村合併を白紙に戻せ」

と強硬《きょうこう》な反発意見すら飛びだしてきた。

「先生も大変ですよね」

「はい。行政と学校の立場と、それぞれ意見の違いがありますから。わたしたちはここ数か月、この問題で、職員会議つづきです」

地味な漁業と農家の南村と、瀬戸内随一とまでも言われている遊郭街を誇《ほこ》る木江港とでは、あまりにも地域色がちがい過ぎる。当然ながら、双方が長くもめつづけた。

旧木江町がわから、合併記念行事の補助金を修学旅行に充当させる、という収拾《しゅうしゅう》案がしめされた。家族の負担が軽減《けいげん》されるならば、と旧南小学校の父母会がそれを受け入れた。

木江小学校が五月九日に出発し、木江南小学校が五月十六日、一週間違いのスタートだった。高松・岡山の二泊ルートで統一されている。

「ご存知かとおもいますが、昨年、おおきな海難事故が北海道の函館《はこだて》沖で起きました。洞爺丸《とうやまる》事故です」

昭和二九（一九五四）年九月、北海道の函館沖で、国鉄・洞爺丸が台風による沈没事故を起こしている。一一五五人の犠牲者をだした世界第二位の海難事故だった。

「国鉄連絡船は怖いと、船をつかった修学旅行にたいする反対は、ふしぎなくらい皆無《かいむ》でした。大崎上島のひとは定期船をつかわないと、本土や四国に渡れないわけですから、当然といえば、当然ですが」

「怖がっているのは、私だけですね」

「お母さんは、修学旅行に反対ですか」

「いいえ。個人的な気持ちです。岡山県の備中《びっちゅう》出身ですから、海が苦手なんです。博は逆に修学旅行で、宇高連絡船にも、列車にも乗れると、とても楽しみにしています」

「うちの生徒は皆そうです。きょう伺《うかが》ったのは、出発日の変更です。あと一か月もない段階で、申しわけないのですが……。木江小学校と木江南小学校が、そっくり入れ替わることになったのです。つきましては、わたしたち木江南小学校の出発が一週間早まり、五月九日にさせていただきたいのです」

「別にかまいませんが、理由は何ですか」

「ご存知ありませんか、五月十日に『木江婦人会旅行』が予定されているそうです。六年生をもつ母親から、この婦人会旅行にたいして、直前キャンセルが多発したようです。月々の積立金がムダになっても、修学旅行に出かける子どもの世話が優先だと言って」

「親としては、そうでしょうね」

優衣子には、婦人会の積立に入る生活の余裕《よゆう》などなかった。金持ちの婦人会だろうと、これまでまったく関心がなかった。

「そこで、そっくり総入れ替えで、南小学校が五月九日。木江小学校が五月十六日出発の変更になったのです。私たち教員がいま手分けして六年生の自宅を訪問し、この事情をご説明し、了解を求めているのです」

木江小学校、木江南小学校の六年生の数はほぼ同数で、計画がまったく同一なので、旅行会社や旅館に迷惑がさしてかからない。

富塚教諭がここらを説明していた。

「わたしは五月九日でも異議なしです」

優衣子が、急須のお茶を継《つ》ぎ足した。

「ありがとうございます。実は、南小学校の漁師さんから、奇数月の九日は縁起《えんぎ》が悪い日で、漁にも出ないのが慣例《かんれい》だという意見がつよく寄せられているのです。海の仕事は命がけですから、故事《こじ》や逸話《いつわ》もあるでしょうし、迷信だと決めつけられませんし」

「ご苦労ですね。すると、正式な出発日は未定なのですね」

「いいえ。五月九日が内定と理解して、旅行の準備を進めてください。なにか他にご質問がありますか」

「ひとつ、あります。生徒が着る服ですが、学校で統一ですか」

「従前《じゅうぜん》からの恒例《こうれい》のようですが、みなさん来年は中学生です。先取りで、木江中学校の制服を購入されて、それを修学旅行に着させる方が多いようです。全員ではないですが。学校としてはとくに指導していません」

「うちはご覧《らん》になったとおり、夫婦が造船所で働く低所得です。安普請《やすぶしん》の借家住まいですし。博には、学生服を購入しても、新品の旅行カバンまで買いそろえる余裕がありません。借り物のバッグを持たせるつもりです」

「それで、よろしいかとおもいます。私は次をまわる予定がありますので、これで失礼します」

富塚教諭が、修学旅行の関連資料を布バックに納めてから立ちあがった。

「これから沖浦ですか」

「はい。雨が本降りですから。定期船に自転車を積んでもらい、そちらに向かいます」

「お世話さまです」

優衣子は、赤い傘をさした女教諭が自転車で、土塀《どべい》の角を曲がるまで見送った。

木江南小学校の生徒九七人が、七人の引率教諭の下で、昭和三〇（一九五五）年五月十一日の早朝六時半に、高松港桟橋から宇高連絡船《うこうれんらくせん》の紫雲丸《しうんまる》（一四四九トン）に乗り込んだ。男子は金ボタンの学生服、女子はセーラー服姿だった。生徒らが親に買ってもらったばかりの新品である。

「照美《てるみ》ちゃん、すごいよな。船のなかに、貨物列車を積んでいるんだ。こんなおおきな鉄道連絡船をみるのも、乗るのもはじめてだ」

猿渡博と森照美が手摺《てすり》から身を乗りだした。ふたりは肩をならべて桟橋の動きをのぞきみている。

「わたし、家の手伝いで、いつも小さな漁船だから、巨大《おおき》すぎて船とはおもえない」

こちらに顔を向けてはなす森照美は、二重瞼《ふたえまぶた》のかわいい目で、セーラー制服がとてもよく似合う。制服モデルの女子よりも、素敵《すてき》だと博はおもっていた。

「ぼくが木江から沖浦にかよう和歌丸より、何十倍も大きいや」

紫雲丸は石炭を焚《た》く汽船《きせん》で、巨大な煙突が二本そびえたつ。操舵室《そうだしつ》のまわりには、制服・制帽で袖章《そでしょう》が光る船員たちが、せわしなく出航の準備をしている。

紫雲丸は旅客と貨車をつみこむ鉄道連絡船である。一五トン貨車の一四両がすでに陸上からのレールで、船腹の車両甲板に収まっている。

その車両甲板の下部が三等雑居室《ざっきょしつ》である。木江南小学校の生徒らは、その客室に荷物をおいてから、出航風景を楽しむために、最上階の展望甲板《かんぱん》までやってきたばかりである。他校の小中学生らも、大勢が甲板で見学していた。

「夢のような修学旅行だよな。木江町と南村が合併した、いい年に当たったたな。幸運だよな」

「おなじ気持よ、わたしも興奮しているわ」

本船の周辺は深い霧《きり》で、高松市街地の町並みは真っ白なベールで消えている。高松港内の堤防の赤・白の燈台が、白い刷毛《はけ》で刷《は》いたように幻想的にみえる。

五月の瀬戸内の濃霧《のうむ》は、大崎上島でも日常風景のひとつ。ふたりの話題はもっぱら鉄道連絡船にとどまっていた。眼下の桟橋ボラード（曲柱）から、太いロープが外された。紫雲丸が定刻の午前六時四〇分にしずかに出航した。

「大きい船だから、出航がわからないくらい、全然ゆれないな。エンジン音と振動《しんどう》だけだ。すごいや」

「ね、博君はなにをお土産に買ったの？」

「いろいろだよ。まず旅行カバンを借りた近所のひとには、金比羅さんの瓦《かわら》センベイ。きのうの屋島は絵葉書一〇枚入りと、妹のミミにはお饅頭《まんじゅう》を買った。栗林公園は一刀彫《いっとうぼり》の猿だよ。

木彫《きぼ》りの猿が右手で頭を掻《か》いているんだ。これが父さんの癖《くせ》にそっくりなんだ。面白いくらいに似ている」

博は右手を頭において真似《まね》てみせた。

「悪いわね。苗字が猿渡でしょう。お父さんが猿の癖に似ているからといって、木彫りの猿のお土産で、追い打ちをかけるなんて」

「喜ぶとおもうけれどな、父さんは剽軽《ひょうきん》で愉快なところがあるし、ニタニタ笑って、こうかい、ときっと頭を掻いてみせるよ」

「そうなの。博君はどこが一番よかった？」

「みんな良かったけど、源平合戦があった屋島かな。皿投げがいちばん面白かった。一〇枚のうち二枚の皿はぼくのお土産で残したよ。母さんは備中高梁《びっちゅうたかはし》の出身だから、岡山に行って決めるんだ。でも、なにが欲しいか、訊《き》いてくれば、よかったな」

修学旅行のお小遣《こづか》いは、三〇〇〇円が上限と決

高松港、中央が紫雲丸事故現場

められていた。博にはもはや母親の分しか残っていなかった。

この紫雲丸が岡山県の宇野港《うのこう》に着くと、一五分の待ち合わせで、宇野駅から岡山行き（三二四六列車）に接続する予定だった。

「わたしは金比羅さんで、お父さんと母さんに、海の安全祈願《きがん》のお守り袋を買ってあげたの。栗林公園で、姉ちゃんたちにきれいな貝殻細工《かいがらざいく》を買ったわ」

「照美ちゃんは、自分のものを買わなかったの？」

「それは節約して、博君のプレゼントを買っちゃった。屋島で」

「何なの？」

「まだ内緒《ないしょ》」

「当ててみようか。那須与一《なすのよいち》の弓矢か、的《まと》の扇子《せんす》のホルダーだろう」

「義経《よしつね》のマスコットよ」

「ほんのちょっと外れたか。でも、嬉しいよ」

「客室の旅行カバンに入れてあるから、修学旅行が終ったら、みんなにわからないように、こっそりあげるね」

「ぼくは照美ちゃんに砂時計を買っているよ」

「うれしい」

「景色が真っ白になったね。展望デッキの端《はし》まで見通せないや」

乳白色の海霧《うみぎり》で、防波堤の灯台も霞《かす》んでいた。船舶や漁船の脇を通過していく。貨客船の紫雲丸が霧中信号《むちゅうしんごう》の汽笛を鳴らす。

「この紫雲丸は高性能のレーダーがついているから、濃霧でも、定刻通りに走れるんだよ」

「くわしいのね。博君のことだから、勉強してきたの」

「実はね、ぼくは沖浦港にかよう和歌丸の吉澤航海士《よしざわこうかいし》と仲よしなんだ。乙種《おつしゅ》船長の試験勉強をしている船員だから、内航海運《ないこうかいうん》について隅《すみ》から隅までくわしいんだよ。修学旅行はどこに行くの、と訊かれたから、宇高連絡船に乗るよ、というと、洞爺丸事件のあと、国鉄は鉄道連絡船に最新鋭レーダーを備え付けたから、霧でも定刻どおり全速で走れる、とおしえてくれたんだ」

「そうなの。国鉄だから、設備が良《い》いんだね」

「もうひとつ、この航路《こうろ》は難しいんだって。宇野と高松に近づくほど、島が多くなり、水路《すいろ》が曲がりくねって、浅瀬《あさせ》も多いらしいよ。そのうえ、いろいろな船が航行するから、ふつうは船長が舵《かじ》を握るみたいだよ」

塩飽諸島《しわくしょとう》、鳴門海峡《なるとかいきょう》、来島海峡《くるしまかいきょう》とならんで、難易度《なんいど》が高い航路だ、と吉澤航海士が教えてくれた。

「この紫雲丸の船長って、格好いいんでしょうね。見てみたい」

「実はね、吉澤さんから、紫雲丸に当たらない方がいいな、と脅されてきたんだ」

「なんで脅されたの？」

「紫雲丸はたびたび事故を起こしているんだって。五年前（昭和二五年三月二十五日）は衝突事故を起こして海底に沈んだらしいよ。引き揚げて、いまも使っているんだって」

「えっ、この船がいちど海底に沈んでいるの」

彼女がおどろきの目をむけた。

「そうだよ。そのあと二度目、三度目、四度目と事故を起こしているんだって。内航海運の船員仲間では、『死運丸』で有名らしいよ」

博は指を筆先《ふでさき》にして手のひらにそれを書いてみせた。

「いやだ、死運丸って。縁起《えんぎ》が悪い。なぜ、船名をかえないの?」

照美の顔がこわばっていた。

「紫雲《しうん》って、もともと仏教用語で縁起が良いことばなんだって。お釈迦《しゃか》さんが極楽浄土《ごくらくじょうど》にいくときに乗った雲らしいよ。だから、紫の雲をみた人は幸せになれるみたいだ」

栗林公園のちかくには紫雲山があり、標高約二〇〇メートルの低山。そこから紫雲丸の船名がつけられていた。

「幸せになれる紫雲と、死運はまるで逆ね。四回も事故を起こしている船と聴いたら、はやく宇野港についてほしいわ。四って、縁起が悪いし」

漁師の娘だけに、照美はその数字の縁起にこだわった。

「二度あることは三度あるというけど、五度目の海難事故はないとおもうな」

紫雲丸の出航から一〇分が経過していた。博は、父親から借りてきた腕時計をみた。六時五一分を指す。視界はもはや五〇メートルすらなかった。それでも、船は全速で走っている。

「ぼくの計算だと高松港から三キロ半沖だな」

「さすが博君ね。計算がすごい」

「この死運丸が事故ったら、照美ちゃんは高松港まで泳げる?」

「縁起の悪いこと言うのね。脅かさないで。漁師の娘は家の手伝いって漁船に乗ることよ。物《もの》心《ごころ》ついたときから、父ちゃんに泳ぎを特訓《とっくん》されているから、潮流《しお》が速くても泳げるわ」

いまは霧の海で波がない。五月は海水温も高い。一時間でも、二時間でも、泳いでいられる口ぶりだった。

「父ちゃんから聞いたけど、船が沈むと重油や軽油が海面に浮くんだって。この新品のセーラー服が油でドロドロに汚れるなんて、嫌だわ」

視界が五〇メートルの濃霧のなかで、すれ違う船舶の位置を示す霧笛《むてき》が、ボー、ボーと鳴る。

もう一度、時計をみた。

「六時五六分だ」

「五分ごとに、時計をみているのね」

「ふだん、時計をはめていないから。興味一杯なんだ……」

博の視線が腕時計から外れたとき、真っ白な霧のスクリーンに、突如として巨大な大型貨物船の舳先《へさき》が現われた。

「えっ、ぶつかるぞ」

博は手摺をにぎりしめた。ドガーンという大音響とともに、はげしい振動《しんどう》でふたりは甲板に転んだ。ふたりはともに気づかってデッキの床から立ちあがった。

電気が一瞬にして消えている。白い霧のなかが、無灯《むとう》の闇《やみ》の世界に思える。船内放送もなかった。

「大型船が真横に、突き刺さっている。これって嘘《うそ》だろう」

博には、衝突《しょうとつ》が事実だと思えなかった。自分がそんな当事者であること自体が信じがたい。映画の世界におもえた。

「どうしたら良いの?」

「いま、海に飛び込んでもな。紫雲丸が沈まなかったら、服がぬれてバカみたいだし」

放送はないし、まったく情報がなかった。衝突した側(第三宇高丸《うこうまる》)の船員らが、こっちに移れ、こっちに移れ、と誘導して叫ぶ。慌てる大人たちがわれ先に乗り移っていく。

どっちの大型船が先に沈むのかさえも、博には予測ができなかった。

「借りた旅行カバンよ。傷つけたり、盗まれたりしないでよ。わかったね。注意してね」

母親のことばが、ふいに博の脳裏《のうり》によみがえった。もしこの紫雲丸が沈没したら、親が弁償《べんしょう》だ、親に負担をかける。照美へのプレゼントの砂時計も入っている。

木江南小学校の主任が両手をメガホーンにすると、

「生徒は最上階の甲板に集合だ。あわてないで、全員、落ち着いて行動しよう。班長はすぐ点《てん》呼《こ》をとる」

とくり返し指図を出している。

木江南小学校の児童らは、島の子どもで、水泳は達者《たっしゃ》だ。海面に波がないし、このていどの海なら楽に泳げる、と平常心で行動していた。

九七人の児童たちが上部甲板で、運動会のように両手の肘《ひじ》をまげて前ならえの形をとった。スムーズに四列でならんだ。

級長の博は、六年一組第一班二五人は全員揃っています、と報告した。六年一組第二班の二五人は全員そろっています、と照美も伝えた。

金モールの制服姿の船長が、救命艇《きゅうめいてい》を降ろせ、と指示していた。電気系統が不能《ふのう》です。電動機が動きません。ならば、手動《しゅどう》で降ろせ。本船が傾いて、手動では救命ボートが巧《うま》く海面に着水《ちゃくすい》できません。その救命ボートが海面に転がり落ちていく。クジラの腹のように、艇裏《うら》をみせてひっくり返っていた。

これをみた引率《いんそつ》主任が、紫雲丸よりも、第三宇高丸の方が安全だと判断したらしい。

「これから順序良く三階の通路まで降りる。そこから衝突した側の船（第三宇高丸）に乗り移るからな。みんな南小学校生らしく、落ち着いて行動するんだよ。あわてたら、ケガするぞ」

最上部の展望甲板から、ひとつ階段を降りると、三階遊歩甲板《ゆうほかんぱん》の通路だった。二隻の船体が結合しているので、ほぼ水平の高さで、宇高丸へかんたんに乗り移れる、と博には理解できた。ところが、三階の船舷《せんげん》通路は、宇高丸へ乗り移るながい順番待ちになっていた。

ある女子児童のひとりが叫んだ。

「待っている間に、お土産《みやげ》を取りに行ってくる」

わたしも、わたしも、と女子は群れをなして三階客室につながる出入口へと駆《か》けだす。

「船室にもどったらダメだ。返ってこい」

引率主任が怒鳴ったので、男子生徒は整列したまま足を止めた。

「わたしも義経のホルダーと、家族のお土産をとってくる。すぐ帰ってくるからね」

森照美が群れなした女子の最後につづいて駆けだした。

「照美ちゃん、止めな。紫雲丸が沈没《ちんぼつ》したら、渦《うず》に巻き込まれるぞ」

太平洋戦争のさなかに多くの軍艦、商船が沈没した。船舶は沈没するとき、渦を巻きながら沈む。達者《たっしゃ》に泳げる海兵《かいへい》すらも海中に吸い込まれて死んでいった、船からすぐ離れないと危険だぞ、と吉澤《よしざわ》航海士が語っていた。

「救命胴衣《きゅうめいどうい》をつけるんだ」

父親の喜平のことばがよみがえった。少女の足は速かった。これらを教える間もなく、客室の出入口のなかに消えていく。

船員が救命胴衣の収納箱《しゅうのうばこ》を開けている。博がそこにむかった。

「二つください」

「だめだ。一人一個だ」

という緊張顔の船員が、早口で、救命胴衣の身に着け方を説明しながら、次のひと、次のひとと手渡しする。森照美にも欲しい、と事情を話せる雰囲気ではなかった。

(よし、ぼくの救命胴衣を照美ちゃんにあげよう)

博が走りはじめた。

「おい、級長。猿渡、おまえまで、なにするんだ。帰ってこい」

主任の声が背後から聞こえても、博の足は止まらなかった。

駆けこんだ客室は非常灯のみでうす暗い。一等、二等客室の乗船客たちは、衝突と同時に逃げだしたのだろう、ガラガラだった。鉄製階段を駆け降りるのは、小中学校の生徒ばかり。

博は二等客室で救命胴衣をもう一つ手に入れた。三等客室は最も下部の船底だった。非常灯の薄い灯だけである。階下へと降りていく。暗くて状況がほとんどつかめない。手探り状態だ。……通してよ、じゃまだ、除《よ》けろよ、どいてよ、邪魔《じゃま》するな、と怒号《どごう》が飛び交う。

混乱した階段では、人間のからだと旅行ケースと土産物などが閊《つか》えている。それでも、博は最下部の自分たちの三等客室に降り立った。

「照美ちゃん、救命胴衣をもってきたぞ」

博は大声をくり返す。船体が傾いており、足下《あしもと》が斜めに滑《すべ》っておもうように前へ運べない。森照美の顔が確認できない。くり返し名まえを呼びつづけた。

「博君なの、ここなんよ」

その声を手掛かりに近づこうとする。だが、衝突した船体の傾きで、身体そのものが倒れそうだ。声を手掛かりに、博は照美にたどり着けた。

「紫雲丸は沈むぞ。照美ちゃん荷物を捨《す》てて、この救命胴衣を着けな。早く」

「……、紐《ひも》の結び方がわからない」

「背中をむけて。縛《しば》ってあげる」

踏《ふ》ん張っている博の足もとが揺《ゆ》らめいた。突如として船体が急傾斜の状態に陥《おちい》った。

「みんな、お土産など棄てて逃げなさい、早く逃げなさい、早く甲板にもどりなさい」

富塚美智子先生の声だった。もうひとりは女教諭。ほかに男教諭が一人いた。木江南小学校の先生が、悲痛な叫び声をあげている。三人の教諭が船底の三等客室まで、生徒を呼び戻しにきたのだ。

上ろうとする生徒が階段に殺到《さっとう》した。

階段口から、海水が轟音《ごうおん》で流れ落ちてきた。児童や教師が滝のような水圧《すいあつ》で吹き飛ばされた。女子が途轍《とてつ》もないかな切り声をあげつづけた。

「逃げ口がない」

死の恐怖が博の背筋に走り、全身が恐ろしくて震《ふる》えた。

横転《おうてん》沈没する船体の客室には、容赦《ようしゃ》なく海水が浸水《しんすい》してくる。と同時に、客室の左舷《さげん》の角窓《かくまど》が、水圧で割れた。重油《じゅうゆ》臭い海水が、破れた窓から烈《はげ》しく船内に入ってくる。海水が止めどもなく頭上から落ちてくる。

「怖い。わたし死ぬの」

「照美ちゃん、手をはなすな。しっかり握って」

海水が膝下《ひざもと》、太腿《もも》へとすさまじく高くなる。手荷物が浮遊《ふゆう》し、ぶつかる音がひびく。

死ぬのは嫌《いや》だ。沖浦に帰りたい。明石の母さん、父さん、助けて。先生、死ぬなんて、嫌だよ。

周囲は脅《おび》えきった悲鳴だけであった。

海水が胸元までくると、博のからだがふいに救命胴衣で浮き上がった。照美も同様だった。刻刻と浸水が増す。

「怖い。怖いよ」泣く照美が海水を飲みこんだのか、がぼっと喉《のど》の音がして声が消えてしまった。博はそんな照美の手をつよく握りしめていた。

博の頭部が天井につかえた。顎《あご》、両唇《くちびる》と水位が高まる。

「悔《くや》しいな」

それでも奇跡《きせき》を願った。油と海水が口から胃に入ってきた。吐きだす。ふたたび顔面が水中に沈みこむ。最期の力で五秒、一〇秒、一五秒と息を止めた。

「もう無呼吸がつづかない。十二歳までしか生きられなかった……」

それが博の最後の意識だった。

優衣子《ゆいこ》と喜平《きへい》が、ともに造船所から血相《けっそう》を変えて自家《いえ》にもどり、棚《たな》上においた真空管《しんくうかん》ラジオにスイッチを入れた。

「くりかえし、臨時ニュースを申し上げます」

本日、午前六時五五分ころ、高松港沖の海上で、宇高連絡船どうしの衝突事故が発生しました。大勢の小中学生の修学旅行生を乗せた紫雲丸《しうんまる》が沈没し、多数の犠牲者がでたもようです。

紫雲丸には乗客、乗務員、あわせて八四一人が乗っており、現在、懸命《けんめい》な救援活動がおこなわれています。くり返します。

高松港鉄道第一桟橋を定刻の午前六時四〇分に出航した紫雲丸が、高松港沖四キロ、女木島《めぎじま》の西の海上で、宇野発のおなじ国鉄連絡船「第三宇高丸《うこうまる》」と衝突しました。

高松桟橋無線局から六時二〇分に、「局地的に、視程が五〇メートル以下の見込み」と濃霧警《のうむ》報が出されていました。関係者によりますと、紫雲丸と第三宇高丸ともにレーダーによる航行で、濃霧のなか、時速約一〇ノットの全速力で航行しており、そのまま衝突したもようです。

第三宇高丸の船首が、紫雲丸の右舷《うげん》に七〇度の角度で衝突しています。それによって、紫雲丸の発電機が大破し、全船停電《ぜんせんていでん》になりました。船内放送による避難誘導《ひなんゆうどう》に支障《ししょう》をきたし、電話、無線は使用できず、電動式の救命ボートも海面に降ろせず、被害を大きくしているようです。

第三宇高丸は、紫雲丸の大破からの浸水を緩和する目的で、船首を深く食い込んだまま機関を全速前進にし、紫雲丸を押しつづけていた。

衝突から五分後、紫雲丸が急激に左舷に横転し、沈没いたしました。わずか五分間で沈没したために、乗客の多くが海に投げだされています。

現在、近隣の漁船、海上保安部、警察関係が救助に当たっております。多くの小中学生は救命胴衣をつけておらず、幼い犠牲者が多数でたもようです。くり返します。

修学旅行ちゅうの学校は、愛媛県三芳町立庄内小学校の児童七七人、高知市立南海中学校の生徒一一七人、広島県木江町立木江南小学校の児童九七人、松江市立川津小学校の児童五八人です。

「あなた。どうしよう。南小学校の生徒が紫雲丸に乗っている」

優衣子は止めどもなくからだがふるえていた。

「博にはふだんの船通学から、海難事故が起きたら、真っ先に救命胴衣をつけろよ、と注意しておるけん、だいじょうぶじゃ。霧の日は海に波が立っておらん、遠泳ができる博は助かるよ」

この空気を察したミミが、ちゃぶ台の側でべそをかいていた。

海上保安部と警察によりますと、現在、確認できた死者は四四人、行方不明者は七七人ですが。今後はさらに増える見込みです。

この海難事故はタイタニック（死者一五一三人）、洞爺丸（死者一一五〇人）につづいて、世界で三番目の海難事故となったようです。

高松ラジオ局のアナウンサーが、紫雲丸の中村船長はいちど甲板で指図《さしず》をしたあと、独り操舵《そうだ》室《しつ》に入り、内側から施錠《せじょう》し、船と運命をともにしたようです、と伝えた。

「ただいま、確認された生存者の方々のお名前を申し上げます……」

木江南小学校の番になった。読み上げる名には、男子生徒が多い。

「あなた、博がいない」

「落ち着け。次には出てくるけん。落ち着くんじゃ」

ラジオから流れる紫雲丸の死者と行方不明者の数が増え続けていた。

「わたしが博に、借り物の旅行カバンをゼッタイ無くさないでよ、と言ったから、もしかしたら責任感から、船室に取りにもどったかもしれない」

「悪い方に考えない方がいい」

真夜中までも、猿渡家はラジオが流れつづけていた。生存者にも死者にも、博の名前がなかった。恐ろしく不安な長い夜だった。

翌朝、優衣子は夫とミミと三人で、高松にむかった。こういうときは男の方が動きはよい。優衣子は夫の喜平にすべて従っていた。

喜平が今治駅の構内で、三紙の新聞を買い求めてから、高松方面の列車に乗った。紫雲丸事件がトップ記事で報じられていた。

どの新聞にも、生存者、死者に猿渡博《さわたりひろし》の名前はなかった。それがいっそう不安にさせていた。その記事によると、事故を起こした紫雲丸には、報道カメラマンが乗船していたという。悲惨な現場写真が掲載されていた。

紫雲丸の左舷が海面へ沈むさなか、制服姿の生徒らが逃げ惑《まど》っている。救命胴衣はほとんど着けていない。沈没後、第三宇高丸の船首のまわりの海面で、大勢が死に逝《い》く瞬間が捉《とら》えられていた。

同じ新聞をなんども読み直す。社説や論説やコラムまでも読んだ。

「小中学生が修学旅行で死ぬ、という痛ましい事故が起きた。戦前から計画があった四国と本州の間に橋が渡っておれば、この子らは死なずにすんだ」

このコラムが喜平のこころをとらえた。

「結果論だったら、なんでも言えるんじゃ」

昭和三〇年は、太平洋戦争の終戦からちょうど一〇年である。瀬戸内海をまたぐ大橋の建設など、突飛もない高度な技術である。小中学生が飛行機で修学旅行に行くような、夢のなかの夢の物語と思えた。

「夢の橋もええが、何十年先よりも、きょう明日、事故を起こさせないことだ」

喜平がそう言っても、優衣子は何を考えているのか、車窓に流れる景色をじっと見ていた。喜平はあえてそっとしておいた。

猿渡の家族が高松駅に着いた。

黒い腕章《わんしょう》をつけたスーツ姿の職員が出迎えてくれた。遺体安置所《いたいあんちじょ》は市内の体育館だという。案内されながら、最新の情報をきいた。いま現在、紫雲丸事故の死者と行方不明者が一六六人です。沈んだ船体を引き揚げてみないと、最終的な数字は出ません、と全体の概略《がいりゃく》説明をうけた。

木江南小学校の犠牲者は、児童は九七人ちゅう二一人、引率教諭は七人ちゅう三人だった。

「すると、引率教師の死者の数が、木江南小学校が最も多かったんか」

遺体安置所に着くと、線香の煙が死臭を消す。沈鬱《ちんうつ》な重い空気が館内を支配していた。国鉄をはげしく罵《ののし》る声が館内にひびく。煮《に》えくり返るような罵声《ばせい》がとぶ。しくしく泣く声もある。なんとも言い難《がた》い空気だった。百数体の棺《ひつぎ》が整然とならぶ。身内探しで、棺に張られた遺族の特徴をみてまわっている。数多くの制服警察官が立ち会う。

棺には、遺族が身元確認できやすいように、性別、身長、着衣の特徴、名札などが記載されている。遺族はこれぞとおもうと、棺桶の蓋《ふた》を取ってもらう。ちがう、どうかな、顔が腫《は》れておる、この遺体はちがうな、と首をふったりしている。突如、親族が泣き崩れる光景にでくわす。

遺族の年齢層は、犠牲者が小中学生だからだろう、働き盛りの三十代の父親・母親が多かった。

「博は生きているよね」

「そうよ、博は生きておる。この安置所に居ないことを願って、一通り、当たっておこうや」

喜平が、ハンカチで目を拭く優衣子を連れて、歩きはじめた。棺がまだ間にあわないのか、体育館の床にブルーシートを敷いて、死後硬直《しごこうちょく》で四肢《しし》が曲ったままの遺体がならぶ。ぞっと鳥肌《とりはだ》が立つ光景だった。それでも、身内を探す人たちが一体、一体、のぞき込んでいる。

優衣子の足がすくんでいる。

「このブルーシートよりも、棺桶《かんおけ》のほうから先にさがそうや」

喜平は、優衣子とミミを連れて、入口周辺から、整列した棺に書かれた特徴を一つひとつ読んで、たしかめて、一つずつ横に移動していく。五分、一〇分、一五分。遺体安置所の中央で、喜平の足がふいに立ち止った。

「男子、丸刈り、学生服、胸の名札〈猿渡博〉、運動靴」と特徴が書かれていた。

喜平のからだがとてつもなく震えた。怖れていた現実がここにあった。妻の優衣子には教えないで、素通《すどお》りしようか、とさえおもった。

しかし、息子の死の現実からは逃げられない。

「優衣子、気をしっかり持てよ。この棺が博だ」

「嘘、うそよ」

優衣子が発狂したかのように叫んだ。

「棺の蓋《ふた》を開けてつかあさい」

喜平が係官に頼んだ。

「ご確認をおねがいいたします」

横たわる遺体は油汚《あぶらよご》れの顔で、海水を飲みこみ丸く腫上《はれあ》がる。両唇は汚れている。顔の目鼻立ちからして、博にまちがいなかった。

「博、博、母さんよ」

泣き崩れた優衣子が両手を伸ばし、息子の死に顔をなではじめた。

「無念じゃのう。博は中学に行くこともできずに、死んだのか」

喜平は、優衣子と隣りあって博の冷たい顔をなでてやった。

「ごめんね。母さんが悪かった。博を木江に連れて来たばかりに、こんな目に遭《あ》ってしまって。『女郎っ子』といじめられて、苦しかったんでしょう。我慢づよい子だったからね。転校が解決にならず、アダになるなんて」

優衣子の双肩《かた》が震えつづけている。

「母さんが殺したようなものよね」

木江で女郎の道を選んだ。その過去がいま優衣子のこころを苦しめている。それが喜平には、はっきり読み取れた。

「遺品のご確認をおねがいできますか」

借り物の旅行バックが回収されていた。衣類、お土産のお菓子、屋島の小皿、木彫りの猿があった。優衣子のこころが空洞《くうどう》となり、これらがなにも目に映らず、なにも感じていない表情だった。

喜平がそれを手にした。お土産品の一つひとつには、博の魂《たましい》があるとおもうと、可哀そうで、耐えがたかった。

(木彫りの猿か。わが家で博と愉しみたかったの)

かれは唇をかみしめていた。

「遺留品はみな間違いないけん」

と係官に応えた。

「博の最期はどうじゃったか、訊《き》きにいこうや?」

喜平が、泣き崩れている優衣子の両肩を棺の側から抱き起こした。それら質問に対応する記録係まで、家族は案内してもらう。

優衣子は歩くことさえ難儀《なんぎ》なように、思慮《しりょ》が停止した放心状態だった。喜平は自分の腕にしがみ付かせていた。人形を抱いたミミが後ろからついてくる。

「わたしが担当官です。猿渡博さんの、ご家族ですね。ご遺体は三等客室で発見されました。潜水夫の証言では、救命胴衣を身に着けておられました」

「博は、ワシの教えを守ったんじゃ」

「船外に脱出できていれば、救命胴衣が役立ったのですがね。実は、猿渡博さん、森照美さん(名札確認)のふたりは手を握り合っており、死後硬直で離れず、潜水夫は二体を同時に引き揚げています」

担当官は、事故に恐縮しながらも、淡々と語っていた。

「博は心底から好きだったんじゃ。……、森照美さんに手を合わせていこうや」

喜平がそういうと、優衣子がうなずいた。

体育館の遺体の仕分けは、学校別でもなかった。一五分ほど探しまわると、富塚美智子教諭の名まえがあった。

「あなた、この先生は博の担任よ」

優衣子の意識がしっかり働きはじめたようだ。

「棺のなかを見せてもらうか」

「こころがズタズタだから、もう見たくない」

家族三人は棺に手を合わせて冥福《めいふく》を祈った。

そのすぐ近くに、「森照美様」と書かれた棺があった。

喜平が係官に聞けば、親族の遺体確認がまだ為《な》されていないという。

「おなじ木江南小学校じゃけん。祈らせてつかあさい」

係官が棺の蓋《ふた》を開けてくれた。

おかっぱの頭髪が重油で汚れ乱れている。少女は細面の優しい顔立ちで目を閉じている。

「博がいつも自慢していたように、美人さんね。漁船に乗せてもらったり、お魚をもらったり、ありがとうね。あの世でも、博と仲よくしてあげてね」

優衣子が照美の顔をやさしくなでてから、

「もういちど、博の顔をみたい」

「そうするか。離れがたいよのう」

猿渡家の三人は場所がわかっている博の棺へと足を運んだ。そこに着くと、係官から遺体の引き取り、火葬など、事務的な質問をうけた。喜平が対応する。

この間に、優衣子が蓋を開けてもらった。

「照美さんに会ってきたわよ。可愛い娘さんね。手を握りあって逝《い》ったふたりだから、あの世で好い縁を結びなさいね」

（ぼくの初恋のひとだよ。母さんより、きれいだっただろう）

博が瞼《まぶた》を開けて、そう話しかけてくれる。そんな期待が優衣子のこころを支配していた。

「博、あなたたちを神峰山で祀《まつ》ってあげる。仲睦《なかむつ》まじく手を握りあったお地蔵さんとして、成《じょう》仏《ぶつ》しなさいね」

優衣子は悲しいけれど、博の死を受け入れはじめた。

了

あとがき

　太平洋戦争が昭和二〇年八月十五日に終わった。軍人政治家たちは、社会を破綻《はたん》・破局させたまま、政治の舞台からおりていった。戦後は無政府状態にちかい環境に陥り、庶民はどん底の悲惨な生き方を強いられた。

　戦争は終戦、敗戦ということばだけで、終わらないのである。昭和二〇年代の生きることに必死だった戦後の姿こそが、「二度と戦争をしてはならない」という歴史的な証言である。それを本作品集のテーマにおいた。戦争が残した非情さ、抗《あらが》うことができない運命のなかで生きる、遊郭街の十代、二十代前後の女郎たちと男たちとの悲しみの日々を中心に展開している。

　五つの中篇小説は、売春防止法まで遊郭街で栄えた、瀬戸内海の離島の群像を描いたものだ。広島県・大崎上島の木江港は当時おちょろ舟で有名だった。

　若き女性が太平洋戦争で、望まずして狂った逆境におかれてしまう。人間の生き方はとかく思いのままにならない。彼女たちは前向きに必死に生きているけれども、結果はとてつもなく不幸だったりする。不運にも死去した悲哀のひとたちが、名峰・神峰山の山頂付近にお地蔵さんとして祀られる。

最初の「ちょろ押しの源さん」に登場する源さんは日々、おちょろ舟の艪《ろ》を漕《こ》いで、入航船の船員らに女郎のからだを売りあるく船頭である。他方で、尼僧にたのまれて、亡き女郎の石仏を神峰山にかつぎ上げる。源さんが女郎屋（遊郭）で生きる女性たちの悲しい生活の実態を語る。

戦後は日本じゅうが貧しかった。人間は悲しいかな、極貧の世相でも、さらなる弱者、底辺層を生みだしていく。子沢山の家庭では口減らしがおこなわれた。「初潮のお地蔵さん」では、十三歳の少女が養女という名の下で、木江港の女郎屋へ送り込まれる。義務教育の制度はあっても、中学一年の少女は登校拒否児とカムフラージュさせられて自由がない。初潮がくれば、女郎として働かされる。少女は高校生に恋して命を落としてしまう。純愛の末に、お地蔵さまになった物語である。戦争の傷跡は、こうした無抵抗の少女にも及んでいるのだ。

「紙芝居と海軍大尉」は広島の原爆で、人生が狂ってしまった男女を描く。ふたりの目線から、「戦争とはなにか」をかんがえる。日本が戦争国家になっていくプロセスをかえりみると、明治時代から軍人政治家たちは義務教育の修身・歴史教育で、軍国少年をつくってきた。「国のために死ぬ」それが美だと教え込まれた。祖国（中国大陸）という利権に群がっていた政治家たちは、敗戦後、無責任にも雲散霧消したのである。

「首切り峠」は島の歴史もの。「女郎っ子」は子どものいじめ。両作は単体で描かれているが、微妙に一つにつながっている。わが子への愛である。

太平洋戦争の直後は、国家とか、社会とかの援助など皆無に等しい。愛児をかかえた母親が、餓死寸前の環境に放り出されたのだ。生か死か。その選択を迫られてしまう。母子心中でなく、木江港で肉体を売りながらも、子育てする道を選んだ。子どもの社会はある意味で残酷だ。母親が元女郎だと「女郎っ子」というあだ名でからかわれる。いじめへとエスカレートしていく。

わたしが小学六年生のときに、宇高連絡船・紫雲丸の海難事故が起きた。本来ならば、わたし自身が当事者になっているはずだったが、一週間ちがいで木江南小学校と入れ替わった。子供心に運の良し悪しとか、運命とか、生命《いのち》そのものを深く考えさせられた。小説はその経験を重ねあわせている。

昭和三三年、売春防止法の施行と同時に、おちょろ舟が消えた。木江港は凋落《ちょうらく》した。

わたしは中学校に通いながら、「入航船のない淋しい港になったな。だれか小説家がきて、この木江港を描いてくれないかな。『城崎にて』のように、全国に知られると良いのにな」と日々、通学路で閑散とした港内を見つめていた。当時はまさか自分が小説家になるなど、みじんも考えていなかった。

文豪や作家は待てども現れなかった。ただ、小説化への想いだけは失わず、木江港の遊郭街と女郎屋の空気感をつねに持ちつづけていた。脳裏から放さずにおいたのだ。

わたしが生まれた家屋は、持ち主が女郎屋で、石垣づくりの岸壁にきわどく建っていた。部屋から満ち潮の海をのぞき見ると、大きな「チヌ」(クロダイ)が群れて泳いでいた。漁師たちの多くがまだ戦場から復員しておらず、漁業の担い手が少なかったからだろう。

わが家の横の波止場には、おちょろ舟が係留されていた。夕方になると、姐さんたちが舟に乗りこんでいる光景があった。夕凪の海面に映る神峰山と、入航船とおちょろ舟の薄明りの船影はきれいだった。あの情景は記憶のなかに、いまもって張りついている。

わたしの日々の入浴は、銭湯か、女郎屋の内風呂か、いずれかを選んでいた。女郎の母屋にいけば、姐さんたち、ちょろ押し、賄婦《まかないふ》らが日常生活の視野のなかに存在していた。

ある日、海岸で遊んでいると、そのうちの一人の姐さんが駆けてきて、「死んでやる」と海に飛び込んだ。小柄な気持ちの優しい姐さんが、なぜ入水自殺を図ったのか、というおどろきも、小説の下地として流れている。

昭和二〇年代の女郎屋の空気感を肌身に知るわたしは、半世紀という長きにわたり熟成させてから、小説「神峰山」として描いたことになる。自分でも不思議なほど、遊郭の記憶が次つぎによみがえり、五作品が一気呵成に書けた。


大崎上島には本州・四国に架かる橋がない。離島振興法のもとで、いまや瀬戸内海で最大級の離島となった。

「瀬戸内富士に似た名峰の神峰山からは、一一五の島々がみえる。日本一の山だから、全国のひとに知ってもらいたい。数多くの悲哀のお地蔵さんが祀られている。それらも掘り起こしたい」

平成二九年八月十一日に、第一回大崎上島「山の日」神峰山大会が開催された。主催者は大崎上島地域協議会である。この五作品は同大会の朗読作品である。

「ちょろ押しの源さん」以外は未公開の作品であったが、出版社・未知谷から単行本の出版協力が得られたものである。

ほだか　けんいち

1943年広島県大崎上島町生まれ。中央大学経済学部を卒業、作家。日本ペンクラブ（広報委員、会報委員）、日本文藝家協会、日本山岳会、日本写真協会、歴史時代小説作家クラブの各会員。

地上文学賞『千年杉』（家の光社）、いさり火文学賞『潮流』（北海道新聞社）など八つの受賞歴（小説部門）がある。

読売・日本テレビ文化センター、目黒学園カルチャースクールで「文学賞を目ざす小説講座」、朝日カルチャーセンターで「知られざる幕末史」、「フォト・エッセイ」、かつしか区民大学、広島テレビカルチャーセンター、元気に百歳クラブ等の講師を務める。

近著として、小説3・11『海は憎まず』、幕末歴史小説『二十歳の炎』、および新装版『広島藩の志士』、全国山の日の制定記念『燃える山脈』、『芸州広島藩・神機隊物語』などがある。

＊収録作中「ちょろ押しの源さん」は文芸同人誌『川』３号
2018年刊に掲載。他の四篇は本書のために書き下ろした。

神峰山《かみのみねやま》

二〇一八年十月十五日初版印刷
二〇一八年十月三十日初版発行

著者　穂高健一
発行者　飯島徹
発行所　未知谷
千代田区神田猿楽町二 - 五 - 九　〒101-0064
Tel.03-5281-3751 / Fax.03-5281-3752
〔振替〕00130-4-653627
組版　柏木薫
印刷所　ディグ
製本所　難波製本

Publisher Michitani Co. Ltd., Tokyo

ISBN978-4-89642-567-3　C0093